マドンナメイト文庫

僕専用レンタル義母《ママ》 甘美なキャンパスライフ

あすなゆう

目次
contents

僕専用レンタル義母《ママ》 甘美なキャンパスライフ

プロローグ

「――あの綺麗なヒト、ずっとこっちを見てるな」

大学の入学式の最中、隣にいる同級生からそう言われて、北見瑞希《きたみみずき》は斜め後方からの視線に気づいた。

そちらを見ると、スーツ姿の女性――野々原紗莉香《ののはらさりか》がいた。

ふだんは家庭的で柔和《にゅうわ》な雰囲気の紗莉香だったが、ブラウンのしっとりと落ち着いたスーツ姿も凜々《りり》しくて、瑞希はつい見惚《みと》れてしまう。

紗莉香の砲弾形に張った爆乳は、スーツや薄桃色のブラウス生地を内側から淫靡に押しあげて、震いつきたくなるほどの艶っぽいシルエットを形作っていた。

紗莉香の細身のスーツは、彼女の乳房のたわわな豊かさをひどく強調していた。遠くから見ても漂う濃厚な色香は隠しようもなかった。

ただ本人は男を惑《まど》わせる魔性とは裏腹に、癒やしの女神のような人柄だ。自身の性的な魅力にも無頓着で、それがかえって罪深いと瑞希は思った。

瑞希と視線があうと、紗莉香はうれしそうに小さく手を振ってくれた。

「こっちに手を振ってるぞ……いったい誰だろう……お前、知ってるか?」

同級生の八島《やしま》は訝《いぶか》しげに紗莉香を見る。

「うん、知ってる……」

瑞希はひと呼吸置いてから、少しためらいがちに答えた。

「ママだよ……僕の……」

紗莉香が入学式に来てくれたことを知って、瑞希は妙な高揚《こうよう》感を覚えていた。

——ママ……来てくれたんだ……。

面映《おもは》ゆさと、うれしさの入り交じった複雑な気持ちを瑞希は嚙みしめる。

もし、小学校低学年ぐらいの頃に、母親が授業参観に来てくれていたら、こんな気持ちなのかなと、ふと思った。

「北見の母親か、なるほど……色っぽくて、本当に綺麗な人だな……」

八島も麗《うるわ》しい紗莉香に心を奪われているようだ。紗莉香の魅力が認められたみたいで、瑞希は少し誇らしかった。

「……でもさ、お前と全然、似てないよなぁ」

「う……そう言われると、そうかもしれないけど……」

似てないと言われて、瑞希は罪悪感を覚えた。

――それは……似てるわけないよね……紗莉香さんは、今だけの「レンタル義母《ママ》」なんだから……。

ママ――野々原紗莉香と瑞希は、血の繋《つな》がった実の親子ではない。

彼女は瑞希が大学進学に際して、ママ派遣の会社にお願いした、レンタル義母だ。雑談の中で、今日入学式があることやその場所はそれとなく話したが、まさか来てくれるとは思っていなかった。

――でも、来てくれて、本当にうれしいよ。

瑞希が紗莉香に小さく手を振ると、彼女は満面の笑みを返してくれた。その笑顔を見ていると、つらいことをすべて忘れられる。

瑞希はすぐに前を向いたが、心の内は紗莉香への熱い思いでいっぱいだった。

入学式の長い話はしばらく続きそうだったが、彼の気持ちはすでに紗莉香の許《もと》へ飛んでいた。

第一章　初めてのレンタル義母《ママ》

がらんとして、生活感のまったくないアパートの一室。そこで、瑞希は部屋の片隅に積まれたダンボール箱を眺めながら、途方に暮れていた。

――とりあえず、実家からの荷物は受け取ったけど……これから、どうしたらいいんだろ……。

瑞希は大学一年生。正確には、もうすぐ大学一年生だ。

実家から遠く離れた北海道の大学に通うため、大学近くのアパートで一人暮らしすることになった。

今は三月末。一週間後には入学式、そして授業が始まってしまう。それまでに大学生活の準備を整える必要があった。

けれど、つい先日まで高校生だった瑞希は、一人暮らしも引っ越しも、何もかもが初めてだ。

――こういうとき、普通は母親が助けてくれたりするんだろうけど……。

瑞希は母を小さい頃に亡くしていて、ずっと父親に育てられていた。

父親はアパートの契約までは手伝ってくれたが、仕事の多忙さもあって、一人暮らしの準備は瑞希に任せきりだった。

部屋の隅に陣取った瑞希は、スマホで調べものを始める。

引っ越しに際してやることをサイトで調べると、そこには役所の届け出に、光熱費の契約と、初めてのことがいろいろ書いてあった。

持ってきた荷物は、服や本やゲーム機など身の周りの物ぐらいで、生活を始めようとすると、他にも揃える必要があったし、そもそもゴミの出し方さえよくわかっていない。

――まだ、やること山積みだよね……。

瑞希がなんとなくスマホを見ていると、【レンタル義母サービス・サンタマリア】というサイトが目に入った。

――ん、これは？

〈母の味と母の家庭的な雰囲気を皆様にお届けいたします♪〉

〈レンタル義母サービス・サンタマリア〉

レンタル義母のサービス内容は『ママがしてあげられること、すべて』とあった。

──今みたいなときこそ、ママの助けがあったら助かるよね……。

ただ、人を一人派遣してもらうということで料金はそれなりに高く、さすがに躊《ちゅう》躇《ちょ》してしまう。

──本来は僕一人で、なんとかしないとダメなんだよね。もう大学生なんだし。

ふと、窓の外を見るとすでに日は沈んで、部屋も暗くなりはじめていた。

「もう、こんな時間か。考えるのは明日にしようか、電気、電気っと……」

部屋のスイッチを入れるが、電灯がつかない。

──故障かな……えっと……。

トイレも、玄関も、どこのスイッチも反応しない。

「……電気、使えないんだ」

次第にあたりは冷えてきて、コートを着ていても寒いぐらいだ。底冷えする部屋の中で、瑞希は改《あらた》めて北国に来たことを実感させられた。

「エアコンは、と……」

部屋に備えつけのエアコンのスイッチを入れようとしたが、電気が使えなければ、当然エアコンも使えない。

——ど、どうしよう!?

瑞希は一瞬、パニックになりそうになったところで、不動産屋が下見のときに分電盤をいじっていたことを思いだした。

誰も入らない部屋は、節電のために元のスイッチが切ってあるのだ。

——えっと、あれが大元のスイッチなんだよね。たしか下駄箱のところの……。

薄暗い部屋を移動して下駄箱の上のケースを開けると、ずらりとスイッチらしきものが並んでいた。

「……え……ど、どれだろ?」

暗がりの中で適当にパチパチやっているうちに、やっと部屋の灯りがついた。これで、エアコンも使えそうだ。

「よ、よかったぁ……」

安堵《あんど》すると同時に、瑞希は自分が何も知らないことに気づかされた。感じていた小さな不安が一気に膨らみはじめる。

――こんなことで、ちゃんと一人暮らしできるのかな……。

明るくなった部屋で、瑞希はさきほどのレンタル義母のサイトをつぶさに見た。

家政婦さんのように家事を手伝ってもらう人が多いみたいだが、それ以外にもいろいろと相談にも乗ってもらえるようだ。

――家具や家電も揃えないとダメだし、役所の手続きもよくわかんないし……一週間ぐらいなら……。

瑞希は藁《わら》にも縋《すが》る思いで、サイトに申しこみをした。

こうして瑞希の許に、レンタル義母がやってくることとなった。

＊

――翌日のお昼過ぎ。

インターホンが鳴って、瑞希は通話ボタンを押した。

「こんにちは。サンタマリアから派遣されてきました、野々原紗莉香です」

澄んだ綺麗な声が響き、画面には愛らしいクマのぬいぐるみが映っていた。

――え……く、クマがしゃべってる!?

画面の向こうの愛らしいクマは、どうやらハンドパペットらしく、小さな手を器用に振っていた。

瑞希はあっけにとられて、少し固まってしまう。

「北見さんでいらっしゃいますよね？　レンタル義母のサンタマリアです」

「あ、はい……どうぞ、入ってください」

瑞希は慌ててオートロックを解除して、玄関ドアへ向かった。

そっとドアを開けると、その隙間からクマと落ち着いた大人の女性が顔を見せた。

「こんにちは、レンタル義母の野々原紗莉香です。よろしくお願いします」

穏やかな微笑みを見せたのは、切れ長の瞳に通った鼻梁《びりょう》の、上品な顔立ちの女性だ。白磁《はくじ》のような肌の艶やかさが、彼女の清楚さを際立たせていた。

レンタル義母のプロフィールには三十六歳とあったが、二十代と見間違うほどの若々しい雰囲気で、その美しさに瑞希は見とれてしまう。

愛らしく内向きカールのかかったロングヘアは、少し明るめの色に染められていて、きらきらとあでやかな光沢を見せていた。

かすかに突きだした唇には桜色の口紅が塗られていて、抜けるように白い肌とのコントラストが肉感的でありながらも、どこか儚《はかな》げな美しさを感じさせた。

甘い脂粉の香りがかすかに漂ってきて、瑞希の鼻腔をくすぐった。噎《む》せ返るような紗莉香の熟れた色香に、瑞希は完全にあてられてしまっていた。

「よ、よろしくお願い……します……」

視線は所在なさげに浮ついて、そう返すだけで精一杯だ。

「こちらこそ、よろしくね」

紗莉香からまじまじと見つめられて、瑞希はますますドギマギしてしまう。俯《うつむ》くと、タートルネックセーターに包まれた爆乳が眼前に迫ってきた。

雪のように白くふわふわしたセーター生地を、大きく突きあげた乳塊は圧倒されそうなほどの張りと量感で、そちらに視線を奪われてしまう。

紗莉香の付けたシルバーのネックレスが、盛りあがった双球のテーブルに載っていて、その大きさを強調していた。

「……あ、その……胸……じっと見られると……恥ずかしいわ………」

紗莉香は上目遣いの視線を瑞希へ向けながら、ハンドパペットのクマでセーターの淫らな膨らみをそっと隠した。

クマのつぶらな瞳が責めるようにこちらを見ていて、瑞希は弾かれたように顔をあげた。

瑞希と紗莉香は互いに赤くなった顔を見て、もじもじとしてしまう。

「ご、ごめんなさいッ！　えっと、な、中で話を……」

「ええ、おじゃまします……」

瑞希は扉を開けると、紗莉香を部屋へ招き入れた。

部屋にはまだテーブルもない状態で、紗莉香はコートを脱ぐと、ロングスカートの裾を巧《たく》みに捌《さば》きながら床へ座った。

「それじゃ……」

紗莉香は床に資料を広げると、レンタル義母の説明を始めた。

『ママがしてあげられること、すべて』そんなサイトの謳《うた》い文句どおり、家事の手伝いから始まって、ちょっとした困り事の相談にも乗ってくれるらしい。

瑞希は紗莉香へ困っていることや、不安に思っていることを話した。

「そうねえ、一人ぐらしだけじゃなくて、こっちで暮らすのも初めてなのよねえ……本州とはだいぶ勝手も違うだろうし……」

相談事を受けて、紗莉香はいろいろと思案を巡らせているみたいだ。悩み事をわかちあうことができて、瑞希はだいぶ気持ちがラクになった。

——まだやることはたくさんあるけど、話すだけでもだいぶすっきりした。これだけでも来てもらってよかったよ。

紗莉香がハンドパペットと顔を見あわせている姿は愛らしくて、本当にぬいぐるみのクマと話しあいをしているみたいだ。

その柔らかな雰囲気に、瑞希は完全に心を奪われてしまう。

「じゃあ、いっしょに頑張っていきましょうね」

「ありがとう、野々原さん……」

「えっと……その、せっかくママが来たんだし、よそよそしい呼び方じゃなくて、ママって呼んでほしいかな……そのほうが私も、ママみたいに振る舞いやすいもの」

「わかったよ……ま、ママ……」

子供の頃から憧れていた、少し照れくさいママという響き。

口の中で紡《つむ》がれ、舌の上を転がりながら発《はっ》されたそれは、濃厚な甘露《かんろ》の味わいで、言葉にした途端、その糖度のあまりの高さに身体の芯まで蕩《とろ》けてしまいそうだ。

母親のいない瑞希にとっては、なおさら特別な温もりと沈みこむような柔らかさを想起させ「ママ、ママ……」と、何度も口の中で反芻《はんすう》してしまう。

「んふ、ありがとう♪」

紗莉香の天上人のような微笑みに、夢見心地だった瑞希は現実へ引き戻された。

「……あ、そ、そのッ……僕のことも、名前で呼んでくれていいよ」

「それじゃ、瑞希くんね」

「うん、よろしくね。ママ……」

瑞希と紗莉香は互いに顔を赤く染めたまま、じっと見つめあってしまう。沈黙が部屋の中を支配し、互いの心音が聞こえてきそうだ。

「もう、そんなに見つめられたら、照れちゃうじゃない……ね、クマさん」

紗莉香は俯くと、ハンドパペットに話しかけた。

「そういえば……そのクマさんは？」

瑞希は空気を変えたくて、紗莉香の持っているハンドパペットに話題を振った。

「あ、これはね……私、非常勤で保母さんのお仕事もしていて……そのとき、子供をあやすのに使ってるの」

話しながら、紗莉香の声が次第に小さくなっていく。

「今回のレンタル義母の話があったとき、未成年だって聞いたから……瑞希くんのこと、もっと小さい子供かなと思って……」

そのまま紗莉香は耳まで真っ赤になって、俯いてしまうのだった。

「完全にママの、はやとちりだったみたいで……ごめんなさい……」

ぬいぐるみのクマでぺこぺこと愛らしく謝罪しながら、紗莉香は視線をちらりとこちらへ向けた。紗莉香の縮こまった姿は、年上の女性というよりも、いたずらの見つかった幼児のようだ。

──親子ぐらい年齢が離れてるはずなのに……なんか、すごく可愛い……。

瑞希は大人の紗莉香が見せる愛らしさに、心臓を軽く射抜かれてしまうのだった。

それからしばらく無言の二人だったが、紗莉香がおもむろに動きだした。立ちあがると、部屋を見回して腕組みする。

「引っ越しの荷物は、これで全部よね？　家具や家電が全然ないわねえ……」

「うん……お金は父親からもらってるけど……」

「じゃあ、今日はお買い物ね。役所の手続きはあとからできるけど、生活に必要なものを揃えないと」

紗莉香の提案で、駅近くのショッピングモールへ買い物に出かけることになった。

道路にはまだ多くの雪が残っていて、道路脇には固まった雪が、うずたかく積みあがっていた。

往来の激しい道の各所は溶けた雪で水たまりができていて、歩くと残った雪が潰れて、ジャリジャリと小気味いい音が鳴った。

「やっぱりすごい雪だよね……受験に来たときも思ったけど……」

「そうよね。ずっと住んでるから、私は当たり前になってるけど……初めて来たら、驚くわよねえ」

紗莉香は雪混じりの水たまりを、器用に避けながら進む。瑞希も紗莉香のあとを追うように歩いた。

「でも、冬はもっとすごいわよ。雪もたくさん降るし、寒さもこんなものじゃないもの。気をつけないと、部屋の中の水道管だって凍ってしまうこともあるのよ」

「そうなんだ……すごいね……」

「でも、夏は涼しくて過ごしやすくて、食べ物も美味しいし。冬さえなければ、いいところよ」

紗莉香の話を聞きながら、瑞希は実家から遙か遠く離れた場所に来たことを改めて実感した。

やがて二人は、駅近くのショッピングモールに着いた。

モール内の家電量販店に入ると、冷蔵庫、洗濯機、電子レンジなど一人暮らしに必要な家電を揃えていく。

「一人だから、小さめのがいいわよね。それに大学を卒業したら、またお引っ越しするかもしれないから……」

「そうか……ここで就職するかどうかも、わからないもんね……」

「それと、使う電力はちゃんとチェックしておかないと。ほら、説明書きのところにどれぐらいの電気を使うか書いてあるでしょ」

紗莉香の示した場所を見ると、確かに細かく電気代のことが書いてあった。

「考えること、いろいろあるんだね……何にも気にしてなかった……」

「んふふ、ちゃんと生活するのも大変なのよ」

少し得意げな顔をする紗莉香を、瑞希は尊敬の眼差《まなざ》しで見てしまう。

「あとは、そうねえ……炊飯器も電気ポットもないのよねえ……」

紗莉香は瑞希を連れて炊飯器の売り場へ行く。そこには、ずらりと最新の機器が並んでいた。

「へえ、すごいわねえ。炊飯器って、いつの間にこんなに種類が出てたのかしら。中のお釜も、鉄、銅、土釜までいろいろ。調理モードも何十種類もあって便利そう。本当に美味しいご飯が炊けそうよね♪」

「そ、そうだね……」

炊飯器コーナーで、すっかりテンションのあがってしまった紗莉香に圧倒されてしまう。

確かに機能的には凄そうだが、値段もかなり高い。

——炊飯器って、十万近くするヤツもあるんだ。冷蔵庫や洗濯機が高かったから、こっちは安いヤツのほうが……。

「この炊飯器なんて、お釜炊きを完全再現ですって！　すごいわねえ」

紗莉香が指さした機器は、売り場で一番高いものだ。

「……その、金額がすごいし……普通のヤツで……」

「あ、そ、そうよねえ……ごめんなさい、急に盛りあがっちゃって……」

瑞希の言葉で紗莉香は我に返ったみたいで、しゅんとなってしまう。

「そんなの気にしないで。ママが来てくれて、よかったって思うし……」

「ありがとう。ママ、ちゃんと頑張るから……」

紗莉香は感極《きわ》まったのか、瑞希に軽く抱きついてきた。

「ちょ、ちょっと……こんなところで……」

「んふふ♪……そんなに慌てて、どうしたの？」

押しあてられた双乳からは羽毛布団のような柔らかさとぬくもりが伝わってきて、心臓が早鐘のように鳴った。

家電量販店での楽しいひとときを過ごして、次は同じモール内の店舗で家具を見て回った。

「勉強用の机と、あとはソファがあると便利よねえ……見て、すごく綺麗！」

紗莉香は売り場に置いてあったモスグリーンのソファに近づくと、ロングスカートの裾を気遣いながら、そっと腰を下ろした。

長いスカートの生地越しにもわかる豊かな双尻が、ソファの座面にゆっくりと沈みこんでいく。

「わあ、すごくクッションが効《き》いてるわねえ。んふふ、気持ちいい……」

紗莉香は少しはしゃぎ気味に腰を上下させて、ソファの座り心地を堪能《たんのう》していた。

「ほら、瑞希くんも座ってみて。ふかふかで、気持ちいいわよぉ」

「あ、うん……」

手を引かれて、瑞希もソファに腰かけた。確かに紗莉香の言うとおり、柔らかな座り心地で、そのまま根が生えてしまいそうだ。

「こういうの、リラックスできるわよね。こんなソファが部屋にあれば、瑞希くんも彼女ができたとき、いっしょに家でゆっくりできるんじゃないかしら」

「う、うん。そうだね……」

紗莉香の言葉を、瑞希は上《うわ》の空で聞いていた。

隣に座った紗莉香の手や腰が軽く触れて、その温もりが否応《いやおう》なく伝わってくる。

彼女が少し動くだけで座面の揺れまで感じられて、近くにいる紗莉香を意識するなというほうが無理だ。

「あ……その……」

緊張の面持ちで紗莉香を見るが、彼女はきょとんとしていた。

「ん、どうしたのかしら?」

紗莉香は自身の噎せかえるような色香に無自覚で、その魅力に翻弄《ほんろう》される瑞希にはどこか残酷に思えた。

「な、なんでもないよ……」

瑞希は慌てて立ちあがると、ソファから離れた。肺をいっぱいに満たした紗莉香の甘い香りは、いつまでの瑞希のそばに漂っていた。

その家具ショップでは、ソファ、テーブル、机を買って、家まで配送してもらうことになった。

それから、服、小物類、食料品などを買って帰路についた。モールを出たときには、あたりはすっかり真っ暗になっていた。

「たくさんお買い物したわね」

「そうだね。僕、本当に身体一つで来ちゃったんだなあ……」

瑞希の部屋へ戻るため、二人は底冷えする夜の道を歩いた。陽《ひ》が落ちてから急激に気温が下がったためか、濡れた路面は凍っていた。

吐く息は白く、改めてこの土地の寒さを教えられた気がした。

「夜になると、こんなに寒くなるんだね……」

「まあ、そうねえ。今日は特に冷えこむわね。でも、これから暖かくなるだけだし、今は心配しなくてもいいわ。でも冬は寒いわよ。肌が痛いぐらい寒くなるし、ちゃんと対策しないと、大変よぉ」

「そ、そうなんだ……でも、受験で来たときは確かに寒か――わ、わわッ……」

瑞希は話に気を取られているうちに、凍結した路面でつるりと滑ってバランスを崩してしまう。

「あ、危ない！」

紗莉香はとっさに手を差し伸べる。瑞希はその手を取って、なんとか転ばずに済んだ。

「ふぅ、助かったよ……ありがとう……」

「どういたしまして。道が凍ってるから、気をつけてね」

「う、うん……」

握った紗莉香の手は柔らかくて、外気で冷えていたが、かすかな温もりが残っていた。瑞希は紗莉香をもっと感じたくて、その手を少し強く握ってしまう。

「瑞希くん……？」

紗莉香の驚いたような声に、瑞希は我に返った。

「ご、ごめんなさい！　その、つ、つい、握っちゃって……」

「んふふ、滑ってびっくりしちゃったのかしら？　いいわよ、握ったままでも……」

「あ、いや……子供じゃないし……い、いいよ……」

そう言って、瑞希は握った手を離した。

「あら、赤くなって……ママを女性として意識してくれてるの？」

紗莉香は照れくさそうにしながら、どこかうれしそうな顔をする。

彼女の落ち着いた反応を見て、瑞希はやっぱり子供扱いされていると思ってしまうのだった。

「そうよねえ、もう彼女がいてもおかしくない、年頃の男の子なのよね……」

紗莉香はしみじみと独りごちる。そうしてなんでもない様子で瑞希を促《うなが》すと、再び歩きはじめた。

――なんだ……焦ったり、慌てたり、意識してるのは、僕だけかあ……。

年上の紗莉香にまったく相手にされていないみたいで、瑞希は少し不満に思ってしまう。けれど、紗莉香ならもっと大人の男性とつきあったりしているのだろう。

瑞希は心の中で、こっそりと溜め息をつくのだった。

やがて、二人は瑞希の部屋のあるアパートに到着した。

「はい、到着ね。お疲れさま」

「うん、今日はありがとう。わからないことだらけだったから、紗莉香さんが来てくれなかったら、どうなってたか……」

「いいのよ、それが私のお仕事だもの。それと――今は、紗莉香さんじゃなくて、ママよ！」

紗莉香は指をぴっと立てて、愛らしく強調してみせた。

「あ……そうだね……」

「せっかくのレンタル義母だもの。いっぱい頼ってもらえると、私もうれしいし……」

「それなら、まだ相談したいこと、いっぱいあるんだ……」

「わかったわ。それじゃあ、中で続きを聞くわね」

そう言いながら、紗莉香は前を向いて大きく一歩踏みだした。

「あ――」

凍結した路面と同様、アパート玄関の濡れた敷石もしっかりと凍っていたらしく、紗莉香は盛大に滑ってしまう。

「きゃあああッ！」

「危ない、ママっ！」

瑞希は持っていた荷物を放して、後ろに転倒しかけた紗莉香をなんとか抱きとめた。

「た、助かったあ……」

「間にあってよかった……はぁ……」

腕の中の紗莉香は思ったよりも華奢《きゃしゃ》で、強く抱くと壊れてしまいそうだ。

かすかに乱れた髪から、紗莉香の甘い香りが漂い、瑞希の鼻腔を甘くくすぐってきた。

互いの吐く息が白くて、身体同士の密着を否応なく意識させられてしまう。

今、紗莉香の身体を抱いているのだと思うと、瑞希はいつまでも理性的でいられる自信はなかった。

「あ、あの……ママ、そろそろ……」

瑞希は自分に体重を預けたままの紗莉香に声をかけつつ、彼女の顔を見た。

「あ、そうね……ご、ごめんなさい……」

紗莉香の顔は耳まで真っ赤で、はぁはぁと息を乱していた。

「か、顔赤いよ……大丈夫？」

「ええ、大丈夫……なんでもないわよ……」

瑞希に指摘されて、紗莉香の視線が一瞬、宙を泳いだ。そうして彼女は、ゆっくりと瑞希から離れた。

「ごめんなさい……私のほうが転倒しそうになるなんて……ドジでごめんね」

「あ、いや……誰にもあることだと思うし」

紗莉香はなんでもないふうに装っていたが、まだ頬は軽く紅潮《こうちょう》したままで、どこか緊張しているみたいだ。

「じゃあ、中に入りましょうか。まだ、相談事があったのよね？」

「うん……いろいろ、教えてほしいんだ……」

「もちろんよ……ママにまかせて」

紗莉香は落ち着いた口調でそう答えて、いつもの平静さを取り戻した様子だった。

＊

――翌日の夕刻。

紗莉香は午前中の別の仕事を済ませてから、瑞希の部屋を訪れた。

引っ越し荷物の開梱《かいこん》や、バイト探しの手伝いを頼まれていたからだ。仕事とはいえ、年下の男の子に頼られて悪い気はしなかった。

紗莉香が教えることの飲みこみも早くて、すぐに一人で何でもできるようになってしまうだろう。

――このぶんだと、ママの手助けも必要なくなってしまいそう。少し寂しいわねえ。

紗莉香は持ってきた夕食のおでんを温め直しながら、そんなことを考えるのだった。

――でも、雰囲気は子供っぽい感じなのに……身体は立派に男のヒトよね……。

昨日、アパートの前で抱きとめられたときのことが忘れられず、頭の中で繰りかえし思い出してしまう。

後ろから抱かれたときに感じた逞《たくま》しさに、忘れていた感慨《かんがい》を目覚めさせられた。

――私、あの子を意識してるの？　今は、ママ代わりなのに……。

瑞希を見ると、段ボール箱の上に載せたノートパソコンを器用に使って、バイト用の履歴書を作っているみたいだ。

夕食を作りながら瑞希の姿を見ていると、本当に彼のママになった気分で、瑞希のためにもっといろいろとしてあげたくなってしまうのだった。

食事を終えて、紗莉香は瑞希が仕上げた履歴書をいっしょに見たり、大学の資料を見せてもらってアドバイスしたりした。

自分の経験を話すのは楽しく、紗莉香自身も学生に戻ったような気分に浸《ひた》った。

「書類の書き方もそうだけど、ママ、僕の知らないこと、たくさん知ってるよね。本当にすごいなあ……」

「んふふ、そうかしら……大人はみんな、こんなものよ」

「それに、さっきのおでんも美味しかった。あれもママが作ってくれたんだよね?」

「そうよ、ありがとう」

瑞希に褒められて、紗莉香の表情は自然とほころんだ。

一人で暮らしていると、特に誰かに褒められたりすることもなく、淡々《たんたん》と日々が過ぎていく。

それに、レンタル義母の仕事でも、やってもらって当然という感じで、あまり褒められた記憶はなかった。

だから、瑞希の純粋な褒め言葉がうれしく、紗莉香の心に響いた。

「でも、すごいよ……それにお昼も仕事して、それで僕のところにも来てくれて」

「そうよ。ママはすごいのよぉ」

紗莉香は照れもあって、冗談めかして答えた。

「僕はまだ学生だけど……ママみたいな、なんでもできる社会人になりたいな……」

けれど瑞希は真剣そのもので、その眼差しに紗莉香はドキリとしてしまう。

「ありがとう……でも、ママよりも、もっとすごいヒトは多いから、いろんなヒトから吸収するといいわねえ……」

そう言いながらも、褒められたこと自体はうれしくて、今までの頑張りのうちのほんの少しだけでも報《むく》われた感じがした。

――褒められると、やっぱりうれしいものねえ……。

紗莉香は口に出すことはなく、心の中でしみじみと喜びを噛むみしめるのだった。

「ほら、根《こん》を詰めすぎるのもよくないし、少し休憩しましょうか？」

「あ、うん……」

瑞希はパソコンを閉じると、部屋の壁にもたれて足を投げだす。紗莉香もその隣に同じようにもたれて足を伸ばした。

「でも、新生活の始まる部屋っていいものねえ。夢も希望もあって……ママ、うらやましくなっちゃうわ」

「でも、まだ家具もカーペットもなくて……少し寂しいかな……」

「そうねえ。エアコンだけじゃ、寂しいわよね。でも、すぐに買った家具も届くと思うから、ふぁぁぁぁ……」

紗莉香は大きなあくびをした。ふだんの仕事に加えて、急なレンタル義母の依頼で、疲れが出たのかもしれない。

軽い眠気に包まれながら、なにげなく脇の瑞希へもたれかかってしまう。

——んんッ……男のヒトの匂いがする……瑞希くんも大学生。身体は大人だものね……歳が離れてると、つい忘れてしまうわね……。

うつらうつらしながら、紗莉香は身体を瑞希へ預けた。柔らかな胸乳が何かに当たって、かすかに押し潰された感じがした。

——でも、私みたいなおばさんのこと、瑞希くんは女として見てないわよね。

紗莉香は眠気のあまりに、自分がもたれているものが瑞希の身体かどうかさえ、わからなくなっていた。

——ああ、こんなこと考えてはダメよね。私、まだまだ瑞希くんのママ、頑張らないといけないのに……。

そう思いながら、手は何か硬い物をまさぐってしまっていた。それは、手のひらの中で少しずつ大きくなっていく。

——えっと、これ……何かしら？

紗莉香は目を開けて、触れているものへ視線を向けた。

「え、うそ……」

手に触れていたのは、瑞希の股間の雄々《おお》しい膨らみだ。ズボンの生地がきつく張っていて、瑞希は困ったような顔で紗莉香を見ていた。

「あ……そ、その……ごめんなさい……私、何をしてしまって……」

慌てて手を引いた紗莉香だったが、手のひらには瑞希の張りだしの熱が、まだかすかに残っていた。

「い、いや……僕こそ、ごめんなさい。ママの手が触れたときに、すぐ言えばよかったんだけど……こんなすぐに反応しちゃうとは思わなくて……」

股間はきつくテントを張ったままで、紗莉香の視線は、どうしてもそこへ向いてしまう。

「ごめん……本当にごめんね、ママ。もう見ないで……」
瑞希は自分の手を前へ持っていき、膨らみを隠す。瑞希の謝罪を何度も聞いている
うちに、紗莉香はひどく申し訳ない気分になってしまう。
「そんな……私が瑞希くんのあそこに触ってしまったから……そんなに謝らないで。
その、股間が、お、おっ、大きくなるのは男性として普通のことよね……だから、謝
る必要なんてないの……」
紗莉香は頬を真っ赤に染めたまま、股間に置かれた瑞希の手をそっとどけた。股間
はきつく張っていて、ズボン生地がそり返ったペニスを象《かたど》っていた。
――あんなに大きくしてしまって……私のせいなのよね……この子は何も悪くない
……私のせいよ……。
意を決すると、紗莉香は瑞希の股間に手をかけ、そのままチャックを下ろしていく。
「な、何してるの、ママ！　だ、ダメだよ……」
「ママにまかせて……大きくしたのはママのせいよ。それに、男のヒトは大きくなっ
てしまったら、一度抜かないと収まらないのよね？」
「え……あ……その……」
紗莉香の言葉に、瑞希は困ったように黙ってしまう。それを同意と受け取って、紗

莉香は最後までチャックを下ろし、陰茎を解放した。

隆々《りゅうりゅう》とそり返った怒張はズボンから勢いよく飛びだすと、紗莉香の柔らかな手の中で、ビクビクと狂おしげに震えた。亀頭のエラは硬く張っていて、鈴口から先走り液がかすかに滲《にじ》んでいた。

——すごい……瑞希くんのおち×ちん、こんなに大きいのね……。

勃起した屹立の熱を手のひらで感じながら、おずおずと手指を絡《から》めていく。

淡い桜色のネイルで彩《いろど》られた指先が、張り詰めた雁首に添えられて、ひどく淫靡な感じがした。

手をぎこちなく動かすと、溢れたカウパーはネイルの先に滴《したた》り、軽く糸を引いた。

「ど、どう、気持ちいい？」

「……うん、ママの手、柔らかくて、すごく気持ちいいよ……もっと、強くしてもらってもいいかも……」

「あ……わ、わかったわ……こう、かしら……？」

ぎこちない手つきで、紗莉香はペニスを包んだ手を上下させて、扱《しご》きたてていく。

手の中の太幹が手コキするたびに妖しく震えて、その悦びが直《じか》に伝わってきた。

「あんッ……ヒクヒク動いてる。か、感じてくれてるの……？」

「うん、いい、いいよッ……ママの手、たまらなく気持ちいいよ……」

切なげな瑞希の声に、紗莉香は自身の淫らな行為を自覚させられてしまう。紗莉香の手指に握られた剛直は雄々しく震えつつ、さらに熱と硬さを増した。

──私の手で、こんなにいやらしく反応してるのね……気持ちよくなってくれてるって思うと、なんだか興奮してしまう……。

紗莉香は身体に火照《ほて》りを覚えながら、興奮で呼吸をかすかに乱してしまう。心音の刻みは速くなって、自身でもわかってしまうほどだ。

──私、こ、こんな……おち×ちんを握って興奮してしまうような女じゃないのに……でも、瑞希くんが悦んでくれてるなら……。

瑞希を免罪符にして、紗莉香は自身の高揚のままに屹立の上で細指を滑らせはじめた。しなやかな手指が雁首に巻きつき、大きなストロークで動いた。

桜色の艶やかなネイルが妖しく躍り、指先が亀頭に妖しく絡んだ。そのたびに柔らかな指の腹がへしゃげて、エラの鋭敏な箇所をねっとりと扱きたてていく。

そり返ったいきりへ甘い愉悦を注《そそ》ぎつつ、同時にセーターの袖がズボンから外へ出た陰嚢に幾度も当たった。

セーター生地でふぐりを擦るたびに、瑞希は呻《うめ》きとともに下腹部を震わせた。幹竿はますます伸張《しんちょう》し、隆々とそそり立った。

「う、うう……あふぅ……セーターが当たって……」

「これが、気持ちいいのかな？　じゃあ──」

紗莉香は大胆にも、セーターのだぶだぶの袖で屹立を柔らかく包むと、そのまま毛糸の生地越しに雄根を扱きはじめた。

純白のセーター袖が亀頭に艶めかしく擦れるたびに、切っ先がビクンビクンと切なげに震えた。

「く、くうッ……セーターなんて、は、反則だよ……」

「んふふ、それって、すごく気持ちいいってことよね……瑞希くんは気にしなくていいのよ。ママのお手てで、いっぱいよくなってね、ん、んんッ……」

瑞希の反応に高揚し、紗莉香はいっそうねっとりとセーターを絡めて、幹竿を扱きたてていく。

セーター生地の甘く、ちくちくした肌触りが剝《む》きだしの雁首を襲った。瑞希はくぐもった呻きを漏らして、吐精を必死に堪《こら》えているようだ。

「んふ、ほら……我慢しないでいいのよ。その……よ、よくなったら、お射精しちゃうのよね……ほら、ママのことは気にしないで。たくさん気持ちよくなって、いっぱい出してちょうだい……」

紗莉香は瑞希の耳許で甘く囁《ささや》きながら、淫らな手コキを続けた。セーターの袖にエラが幾度も刺激されて、摩擦悦の凄《すさ》まじさに瑞希は返事することもできない。

下腹部を浮かせたまま、紗莉香のセーターコキに、されるがままになっていた。

「う、ううッ……ごめん……ママっ……だ、出すよ！」

「いいのよ……ほら、だ、出して！」

紗莉香の手指の動きは、さらに激しくなっていく。セーター生地の滑りと指先の柔らかさの入り混じった極上の手筒に、穂先からは先走りがとめどなく溢れた。

そうして紗莉香のひとコキごとに、ビクビクと雄槍が震え、精嚢がきゅっと引き攣《つ》った。

「で、出るぅぅッ！　んうううぅ――ッ!!」

叫びとともに、瑞希は剛直から熱い生殖液を多量に爆《は》ぜさせた。精粘液は筒先から大きく噴きあがって、紗莉香の美貌を白く染めた。

「あんッ！　す、すごい……こんなところまで飛んできて……あふ、あはぁ……」

屹立の律動は収まることなく、白濁液を次々と撃ちだす。紗莉香の手指も、ネイルも、そして真っ白なセーターの袖も、瑞希の精に汚されていく。

「……あ、ああ……こんな、まだ出てる……」

紗莉香は瑞希の射精に夢中になって、手を動かしつづけた。

「ぐッ、ぐうう……ママ、だ、ダメ……そんなにされたらぁ、と、止まらない……精液、止まらないよッ、ううッ、ううう――ッ!」

果てて敏感になった怒張は、セーター生地の暖かさと手指のなめらかさに幾度も扱かれて、限界まで種汁を放ちつづけた。

そうとうな粘度と濃さの精汁が、竿胴の戦慄《わなな》きとともに吐きだされて、紗莉香の手や袖口をどろどろに染あげていく。

手指に絡んだ白濁は指の股でねばった糸を引き、淫らな香りがあたりに充満した。

紗莉香は何かにあてられたかのように深呼吸して、無意識のうちに瑞希のオスの匂いを楽しんでしまっていた。

――私、ママなのに……こんないやらしいことをしてしまって……。

もちろん、レンタル義母に性的なサービスはない。

あくまでも、ママがしてあげられることだ。息子のペニスを手コキをするママなど、もちろん紗莉香の想定にはない。

――でも、いっぱい出して、瑞希くんは、とっても気持ちよかったのよね……いけないとわかっていても、すごくエッチな気分になってしまう……。

濃い粘汁は紗莉香のしなやかな指にまとわりついて、淫らな糸でねばっていた。

「ん、んちゅ……ちゅぷッ……」

興奮で理性的な判断のついていない紗莉香は、昂《たかぶ》りのまま薄桃色のネイル先に絡んだ子種を舐めて、そのままじゅるると啜《すす》ってしまう。

「あ……ま、ママ……何してるの……き、汚いよ……」

「瑞希くんの精液なのよね……汚くなんてないわよ。あふぅ……素敵なお味……」

紗莉香はどこか夢見心地で、ふだんならありえないことを口走ってしまう。

息子と同じぐらいの男の子の性処理に手を貸してしまったことに、背徳的な悦びを覚えてしまっていた。

やがて瑞希が精を出しきると、紗莉香は興奮の醒《さ》めやらぬままに、屹立へそっと顔を近づけた。

甘い栗花の香りにも似た精臭にうっとりとして、そのまま吸い寄せられるように鈴口へキスしてしまう。

ちゅぱっと淫らな音が響き、瑞希のかすかな呻きが聞こえた。

——あ……私……き、キスまでしてしまって……。

噎せかえるような若々しい精臭が紗莉香を昂らせて、抑えていたメスの性欲が激しく掻きたてられていく。

紗莉香は上目遣いで瑞希の顔を見た。彼は息を乱したまま、紗莉香の艶美な姿をじっと見つめていた。そうしてもっとしてほしそうに、怒張の先をぐいぐいと唇へ押しつけてきた。

生殖液の濃厚な香りで肺を満たされた紗莉香は、まるでトリップしてしまったかのようで、息遣いを荒く乱しながらも雄竿の存在をもっと感じたいと思ってしまう。

「はぁ……はぁはぁ、瑞希くんのおち×ちん……んれろぉ――」

ぼんやりとしたままで、若いペニスへ舌を突きだすと、そのまま舌先をれろりと雁首へ這《は》わせた。

精の苦みと抜けるような発酵臭が口腔いっぱいに広がるが、紗莉香は臆《おく》せずに淫靡な粘音をちゅぱちゅぱとさせながら、屹立へ絡んだ精を舐めとっていく。

――私、おち×ちんを舐めるだなんて……あ、ありないことを、でも……瑞希くんのならもっとおしゃぶりしたい……。

興奮に酔った紗莉香は、そのまま瑞希の太幹を口腔へ収めると、その先端を舌の上で、れろれろと転がした。

理性ではいけないと思っていても、背徳的な行為を止めることはできないでいた。ママとして息子の性器をしゃぶっているのだと思うと、紗莉香のエロティックな思いはさらに強く燃え盛《さか》った。

「あっ、ママ……何してるの……」

瑞希の戸惑いの声さえ、紗莉香の耳に入っていなかった。

「こんなに出したんだから、ママが最後まで綺麗にしてあげる……んぶぅ、んん……んちゅぅ、んじゅっ……あふ、あふぅぅ……」

紗莉香は自分が冷静ではないのはわかっていたが、だからこそ瑞希のペニスに奉仕したいと思った。

熱に浮かされたような状態で切っ先に幾度もキスをして、雁首の裏に絡んだザーメンを削るように舐めながら、いわゆるお掃除フェラを続けた。

舌先に伝わってくる幹竿の震えが、紗莉香の昂らせた。喉奥まで屹立を咥えこみ、胴へ舌をいやらしく巻きつけて、竿に付着した精液を拭《ぬぐ》いとった。

そそり立った剛直はビクビクと淫靡に跳ねつつ、紗莉香の頬や鼻先に当たった。

「んう……あ、あん……んふぅ……」

その生々しい存在感に、紗莉香の中に眠っていたメスは呼び覚まされて、ますます激しく秘棒にむしゃぶりついてしまう。

「んぢゅ、んぢゅるッ……んっぢゅるるる……あふぅ……はふぅ……素敵……瑞希くんのおち×ちん……あふ、はふぅ……んちゅばッ、じゅぱれろ、れろれるぅッ……」

唾《つばき》の淫らな音をさせながら、紗莉香はバネ仕かけのオモチャのように跳ね躍る怒張と淫らに戯《たわむ》れつづけた。

そうして紗莉香が我に返ったときには、瑞希の雄根はすっかり綺麗にしゃぶられて、自分の唾液でツヤツヤと濡れ輝いていた。

「はふぅ……あ、私……」

自分がしてしまったことを思い、紗莉香は顔から火が出そうだ。

──瑞希くんの、性処理って言うのかしら？　してしまったわね……最後はおち×ちんまで、こんなにしっかりと舐めてしまって……。

彼を見ると、その顔を真っ赤にしたままで、紗莉香の双乳に埋《うず》めてきた。

──そうよね。まともに顔なんて見れないわよね。私も恥ずかしい……どうして、こんなことしてしまったのかしら……もう、ママ失格よね……。

冷静さが戻ってくると、自らのした淫らな行為がまざまざと思いだされて、羞恥の嵐が身体の内で暴れた。

紗莉香は全身から噴きだすような恥ずかしさに耐えながら、瑞希を強く抱き寄せた。

——でも……瑞希くんといると、なんだか安心する。

彼の温もりとかすかなオスの匂いが感じられて、紗莉香の胸中には再び妖しい昂りが湧《わ》き起こってきた。

——本当に私、よくないママね。自分がもっとしっかりして、瑞希くんを包んであげないといけないのに。

紗莉香は瑞希の体温を感じながら、そのまま眠りの淵《ふち》へ落ちていく。

そうして豊かな胸に抱かれた瑞希もまた、紗莉香の温もりと柔らかさの中で眠ってしまうのだった。

*

それからも忙しい合間を縫って、紗莉香は瑞希の元に通ってきてくれた。

紗莉香の甘く優しい手ほどきで、何もできなかった瑞希は、家事や簡単な料理をひと通りこなせるようになっていた。

色っぽくて優しくて、何でもできてしまう紗莉香は、同じ年頃の女子よりも遙かに魅力的で、瑞希は夢中になってしまっていた。

紗莉香が瑞希の元に来て一週間ほどが経《た》つと、入学式も済み大学の授業が始まった。入学式前から知りあっていた八島以外にも、学部の友人は何人もできて、カフェでのバイトも無事採用された。

順調な大学生活の滑りだしだったが、瑞希にとってはどこか憂鬱《ゆううつ》な日々だ。紗莉香とのレンタル義母契約が、切れるタイミングが近づいていたのだった。

生活にも慣れて、紗莉香の手を借りることも少なくなっていた。だが、契約終了となると紗莉香との関係が完全に断たれてしまうことを意味していた。

——契約が終わったら、簡単に会えなくなるよね。恋人ってわけじゃないし……。

期限が近づくにつれて、紗莉香はなくてはならない存在だと強く感じさせられた。

そんなとき、久しぶりに紗莉香が瑞希の許に来てくれた。紗莉香が忙しそうで、家に呼ぶのも気が引けていた矢先だった。

「こんにちは。瑞希くん、元気してたかしら？」

「うん、僕は大丈夫。ママこそ、忙しそうだったから……」

「ごめんなさい。呼ばれてもないのに、勝手に来てしまって……ほら、今日は瑞希くんの誕生日だから」

「え、あ……そっか……すっかり忘れてたよ」

「ケーキも買ってきたの。お夕食もまだよね？　準備するわ……」

紗莉香は部屋にあがると、キッチンで準備を始めた。

――ママ、僕の誕生日、覚えてくれてたんだ。うれしい……。

瑞希はしみじみと喜びを噛みしめながら、キッチンにいる紗莉香の様子を窺《うかが》った。

「あれ……？」

シンクの前で紗莉香はうずくまって、ひどくつらそうにしていた。

「どうしたの、ママ!?」

慌てて駆《か》けよると、紗莉香はしんどそうに顔をあげる。

「え、ああ……なんでもないのよ。ちょっと立ちくらみがしただけ……」

瑞希がそっと紗莉香の額に手を当てると、熱もあるみたいだ。

「熱もあるし、少し休んだほうがいいよ」

「でも……」

「いいから、こっちへ来て」

瑞希は紗莉香に肩を貸すと、そのままベッドに寝かせた。

「やっぱり、こんなところで寝てられないわ……少しはマシになったし」

そう言って起きあがろうとする紗莉香を、瑞希はやんわりと制止した。

「ここでゆっくり休んでて、夕食は僕が代わりに作るから。ママが大変なときは、子供の僕が頑張らないとね」

「ごめんね……ママ、頑張らないといけないのに……」

紗莉香の額には汗が浮かび、見るからに調子が悪そうだ。働きすぎで、疲れが出たのだろうか。

「気にしないで。ママに謝られると、心苦しいよ。僕も迷惑かけっぱなしだし……」

「……そうね、じゃ、ありがとう……瑞希くん」

「それじゃ、ママに教えてもらった料理の成果を見せてあげる。楽しみにしててよ」

そう言うと、瑞希はキッチンへ向かった。

少し横になって休むと、紗莉香の体調はだいぶましになったようだ。そのまま起きあがって、瑞希の作ったすまし汁を美味しそうに啜る。

「んん、いいおダシが出て……料理もだいぶうまくなったわね。筋《すじ》がいいのかしら」

「ずっとママに頼るわけにもいかないし……」

「そうねえ。ずっとお世話してあげるわけにはいかないものね……」

紗莉香も契約期限のことが頭を過《よぎ》ったのか、少し沈んだ様子になった。

「でも、私は自分で作ってばかりだから、たまに作ってもらうと、ぜんぜん違うわねえ。高級ホテルの料理よりも美味しいわよ」

「そういうものかな？」

「ふふ、そういうものよ……」

紗莉香は満足げな笑みを浮かべつつ、じゃがいもの煮付けを頬張るのだった。

少し休んでから、紗莉香は帰ろうとした。ただ彼女の体調は万全ではなさそうだ。

「その……やっぱり、泊まっていってよ」

「……え……でも」

瑞希は有無《うむ》を言わせぬ様子で、紗莉香の手をそっと取った。

少し驚いた顔をするものの、紗莉香はそれ以上は何も言わず、わかったとばかりに頷《うなず》く。彼女の顔は熱のせいか少し紅潮し、瞳はかすかに潤んでいた。

翌日、紗莉香を駅まで送ってから、その帰り道にレンタル義母の契約延長を決めた。

――ちょっと無理すれば、なんとかなるかな……。

伸ばした期間は、ゴールデンウィークまでの一カ月間。仕送りに貯金、そしてバイトを始めたこともあって、なんとか耐えられそうな金銭負担だ。

――今まで世話になったぶんぐらいは、お返ししないと。ウチに来てるときぐらい、ママにはゆっくり休んでもらいたいし……。

紗莉香への恩返しの意味も込めての、契約延長のつもりだった。

ただ、それは自分自身をごまかす表向きの理由で、瑞希にとって紗莉香のいない暮らしは、もはや考えられなくなっていた。

＊

紗莉香がサンタマリアから契約延長の知らせを受けたのは、その翌日のことだ。

——延長……いいのかしら……？

瑞希はもう一人で何でもできるし、北の地での暮らしもだいぶ慣れてきたはずだ。

前回、瑞希の部屋へ行ったときに至っては、料理を作ってもらったり、休ませてもらったりと、何もせずじまいだった。

だからこそ、延長の連絡を受けたときも、そして今、瑞希の部屋へ向かっているときも、本当にいいのだろうかと自問してしまう。

でも、瑞希に必要とされていると思うとうれしくて、紗莉香は心が少し弾んでしまっていた。

――契約の延長って、うれしいものよね。自分の仕事が認められた感じがして。

でも、今の喜びはそれだけではなかった。

紗莉香にとってうれしかったのは、疎遠《そえん》になると思っていた瑞希との関係が続くことだ。

瑞希の面倒を見たり話したり、ちょっとしたことが紗莉香にとって、楽しいひとときになっていた。

――でも、契約を続けたいってことは……瑞希くん、美人なママのこと、好きになっちゃったのかな……な～んて、そんなことないわよね……。

瑞希が自分を求めてくれているのではないかと、夢想してしまう。ただ、年齢も離れている十代の彼が、自分を好きになってくれるとはどうしても思えない。

――「泊まっていって」って言われたとき、一瞬勘違いしたけど。でも、若い子に身体を求められるだけでも、女冥利《みょうり》につきるわよね、ふふっ。

あの晩、紗莉香はキスぐらいならしてほしいと強く思っていた。けれど結局、瑞希は何もしてこなかった。

それでも、瑞希が自分の身体を気遣ってくれたことはうれしかった。ここしばらく、自分のことを心配してくれる人などいなかった。

無邪気で愛らしくて、子供だとばかり思っていた瑞希だったが、紗莉香は彼の中に少しずつ男を感じるようになっていた。

まだ十代ということもあって、将来もっといい男になるだろう。三十路の紗莉香は彼の眩《まぶ》しい将来を羨《うらや》ましく思うとともに、成長した瑞希を夢想して、胸をときめかせてしまうのだった。

――私、何考えてるの、相手は十才以上年下の学生さんなのよ。

紗莉香は女盛《ざか》りの熟れた身体を自分の手で抱きしめながら、熱い吐息を漏らす。

そうして考えながら歩いているうちに、瑞希のアパートの前に到着していた。

オートロックのインターホンの呼びだしボタンを押すと、いつものようにハンドパペットを手にした。

「こんにちは、瑞希くん。ママよ」

もやもやした思いを振りはらうように、紗莉香はハンドパペットの手を振りながら、カメラへ向かって笑ってみせるのだった。

第二章　三十路の美熟女は処女だった!?

それから、一週間ほどして、瑞希は紗莉香と出かけることになった。

駅の構内で紗莉香を待ちながら、瑞希は自身の気持ちの高揚を抑えられないでいた。

──今からママとデートなんて、夢みたいだ。

瑞希は目の前を行き交《か》う人々を眺めながら、数日前の紗莉香とのやりとりを思いだしていた。

そのとき二人でテレビを見ていると、近くの観光地が画面に映った。古くからの港町で、レトロな街並みが人気のスポットらしい。

紗莉香は何度も行ったことがあるらしく、いろいろと教えてくれた。

「本当にいいところよ、ムードがあって。瑞希くんと一度、行きたいわねえ……」

「近いし、今度行こうよ」

瑞希は何気なく、そう口にしながら紗莉香を見た。

「え、いいの……本当に？　言いだしたのは私だけど、その軽い気持ちで……えっと、その……」

紗莉香は少し赤くなっていて、瞳がかすかに潤んでいた。

「どうしたの……ママ……」

「二人で行くと、デートみたいよねえって思って……ごめんなさい……変なこと言って……」

紗莉香にそう言われると、瑞希も強く意識してしまう。

「え……その……ママさえよかったら……デートしようよ」

「本当にいいの？」

「もちろん。僕がママと行きたいんだ」

「ありがとう……ママ、瑞希くんの恋人に見えるように、しっかり頑張るから……」

恥じらう紗莉香は愛らしくて、瑞希はそのまま抱きしめたくなる衝動に駆られた。

契約延長後、二人の関係に進展はなかったが、瑞希の紗莉香への思いはいっそう募《つの》り、彼女を女として意識してしまっていた。紗莉香に手コキされてしまうという体験は、あまりに鮮烈《せんれつ》すぎた。

一方の紗莉香は、レンタル義母として瑞希のお世話や手助けできることが少しずつ減っていた。呼ばれていっても、話し相手になったり料理をご馳走されたりすることもあった。

瑞希の成長は紗莉香の手ほどきの成果なのだが、自立する息子においていかれてしまう母親のような、寂しさがないと言えばウソになった。

そうして駅で待つ瑞希の前に、おめかしした紗莉香が現れた。

「こんにちは、瑞希くん」

落ち着いた雰囲気のベージュのコートを着て、その裾からチェック柄のミニスカートがわずかに覗き、黒タイツに包まれた美脚が艶めかしく突きだしていた。

むっちりと膨らんだ太腿から膝にかけての括《くび》れ、そして脹らはぎの色っぽいラインまでが覗いて、瑞希はその脚線美に見入ってしまう。

「ママの脚、綺麗だね……ずっと見てたくなっちゃうよ」

「そ、そんなこと言わないで……脚のこと言われたのなんて初めてよ。なんだか、恥ずかしいわ……ちょっと若作りしちゃったかしら……?」

「大丈夫……綺麗だよ、ママ」

「んふふ、ありがとう。お世辞でも、うれしい……」

紗莉香も緊張していてぎこちなく、その様子がかえって愛らしさを感じさせた。

二人はそのまま連れだって電車に乗ると、数十分で目的の場所へ到着した。駅を降りて少し歩くと、当時の繁栄を偲《しの》ばせる煉瓦《れんが》造りのモダンな建物や倉庫が多く並んだ、雰囲気のいい街並みが現れた。

当時使われていた運河もそのままで、周辺は多くの観光客で賑わっていた。

「デートなんて、いつぶりかしらねえ……」

その上機嫌ぶりは瑞希にも伝わってきて、紗莉香が喜んでくれているだけでうれしいと素直に思えた。

「瑞希くんも恋人ができたら、また来ればいいと思うわ」

紗莉香の長い髪が風になびいて、ほっそりとした首が覗いた。その儚げな艶っぽさに、瑞希はしばし見とれてしまう。

「うん……そ、そうだね……」

——今は、ママが恋人だよ。

紗莉香の端正な横顔を見つめながら、そう強く思うのだった。

二人は連れだって、ガラス細工や民芸品、オルゴールショップを見て回った。楽しい時間はあっと言う間に過ぎて、空は夕焼けで茜《あかね》色に染まっていた。

瑞希と紗莉香は、いつの間にか手を繋いで歩いていた。

紗莉香の温もりや柔らかさが手指にしっとりと伝わってきて、瑞希はドキドキしてしまう。紗莉香はどう思っているんだろうと、彼女のほうを向くと目があった。

照れが先立って、互いに無言のまま目をそらした。

そんなときだ。向こうから聞き覚えのある声がした。

「あれ、北見だよな……？」

そちらへ顔を向けると、カップルがいた。一人は大学の同級生の八島だ。

「こんなところで、会うなんてな……」

「うん、こっちこそ驚いたよ……」

紗莉香といっしょにいるところを見られて、瑞希は動揺してしまう。

もちろん彼にレンタル義母のことなんて話していないし、入学式のときにはママだと自慢までしてしまっていた。

「その……母親と来てるのか……？」

母親と言われて、瑞希は一瞬戸惑ってしまう。

「こちらの方は？」

「え、ああ……大学の同級生の八島くんだよ。カフェのバイトもいっしょなんだ」

「あら、そう……いつも、瑞希くんがお世話になっています」

状況を察したのか、紗莉香はそつなく八島に挨拶してくれる。

「あ、これは……どうも……」

八島も紗莉香につられてお辞儀し、それから小声で瑞希に囁く。

「一瞬、お前にも彼女ができたのかと思ったよ……手まで繋いで、俺らよりラブラブじゃん」

「え、あ、変だよね……」

八島に言われて瑞希は焦って、握っていた手を放してしまう。力を抜いた瞬間、紗莉香の指が絡んできた感じがしたが、気のせいだろう。

「——お二人は、つきあってらっしゃるのかしら？」

紗莉香は何もなかったかのように、八島とその彼女に聞く。

「あ、はい。つい先週から……です……」

彼女もまだ慣れていないのだろう、初々《ういうい》しく俯いた。

「んふふ、じゃあ、キスはまだなのかしら……手ぐらいは繋いであげてもいいわよねえ。それにしても、うらやましいわ。これから楽しいこと、いっぱいね♪」

「ま、ママ……ダメだよ……変なこと言っちゃ……」

「あら、ごめんなさい……」

そう言うものの、紗莉香に悪びれた様子はない。

「それじゃ、八島。また、大学で……」

「そうだな、んじゃ……」

瑞希は紗莉香の手を強く引いて、二人から離れた。

「でも、びっくりした。大学の同級生とこんなところで会うなんて」

「そうねえ、もう大学生なのに、ママ同伴だと恥ずかしいわよね」

紗莉香は笑顔を崩さず、でもどことなく冷たい感じがした。

「えっと、その……怒ってる？　手を放しちゃったから……」

「怒ってないわよ……瑞希くんもいずれは、あんなふうに彼女ができちゃうんだなって思って寂しくなっただけ……さ、行きましょう」

「ま、待ってよ……」

夕暮れの石畳の道を紗莉香は先に歩きだし、瑞希はそのあとを慌てて追った。

＊

近くのレストランで食事を済ませると、あたりはすっかり暗くなっていた。

運河沿いに点々と並んだガス灯が柔らかな光を放ち、それが赤煉瓦の倉庫群や運河周りの石造りの護岸、そして黒々と揺れる水面《みなも》を美しく照らしていた。

「わあ、いい雰囲気だね。さすがはママのお勧めだけあるよ」

「ふふ、そうでしょ。この雰囲気を瑞希くんにも味わってほしかったの」

美味しいものを食べて、紗莉香の機嫌はすっかり直っていた。それに十歳以上離れた瑞希にずっと怒っているのも、どこか大人気《おとなげ》ない気がした。

ただ瑞希に怒ったことで、自分が思っている以上に彼に対して本気なのだと自覚できた。

あたりはひとけもなく静かで、二人は運河沿いのベンチに座って、幻想的な景色を眺めていた。

「ね、せっかくのデートだし……恋人らしいことしてみない……瑞希くんも恋人ができたら、いろんなことをリードすることになると思うし……その、予行演習みたいな感じで……」

「よ、予行演習？　そ、それって……」

具体的なことが口に出せず、瑞希は紗莉香をじっと見た。期待に満ちた眼差しに、紗莉香は背中を押されて、大胆に身体を瑞希へ近づけた。

「そうねえ、例えば――」

そのまま唇をかすかに緩めながら、瑞希の唇へゆっくりと押しつけた。

「ん、んんうう……」

いきなりの紗莉香からの口づけに、瑞希は目を白黒させた。

――もう、瑞希くん……固まってしまって……少しやりすぎたかしら……。

急に照れくさくなって、紗莉香は唇を引いた。

「い、いいの……ママ？　僕、本気になっちゃうよ……」

「えっ……」

今度は瑞希から唇が積極的に押しつけられ、濃厚な口づけが再開された。

「んちゅ、ちゅばッ……も、もう……瑞希くん、キス激しい……んう、んふぅ……ちゅぱッ、ちゅ、んちゅぅ……」

「最初にしてきたのは、ママだよ……んん、んう、あふぅ……キスがこんなに気持ちいいなんて、知らなかった……んんッ……」

唇の柔らかな膨らみが淫靡に絡んで、舌粘膜がぬちゅぬちゅと擦りつけられた。

――瑞希くんのキス、すごくて、頭の芯までトロトロになってしまう……。

瑞希の貪《むさぼ》るような口づけに引きずられて、紗莉香も淫らな接吻の深みにはまっていく。突きだした舌を妖しく巻きつけあい、粘膜同士の擦れる甘い悦びに耽《ふけ》った。

「ん、んふぅ……ちゅぶ、ちゅぱッ、んちゅれろ……れるる、れろ、んれろぉッ……あふぅ、こういう濃厚なキスは、恋人とするのよ。んふぅ……ママとするキスじゃないわよ……」

「じゃあ、ママが恋人になってよ……はふ、んふぅ……」

「そ、そんなのダメ、ダメよ……くふ、んふぅ……んちゅぶッ、ちゅぱちゅぷ……」

紗莉香はダメと言いながらも、キスの虜《とりこ》になっていた。押し隠していたメスの性欲を解放し、濃厚なキスに耽溺《たんでき》しつづけた。

——キスなんて、いつぶりかしら。こんな素敵なキスなら、ずっとしていたい……。

夜の静寂の中、艶めかしい粘水音が触れあう唇の間で奏《かな》でられた。

互いに満足して唇同士がゆっくり離れると、唾が糸を引いて宙空《ちゅうくう》に消えた。

「あふぅ、瑞希くん……これで終わりじゃないわよね……キスは気持ちいいことの始まりなのよ……」

「これから、どうすればいいの？　ママ……」

瑞希はうっとりとした目で、紗莉香を見つめてきた。紗莉香は高鳴る胸の鼓動を感じながら、瑞希を見つめかえした。

「そうね……その気になった女の子をホテルに誘うとか、よね……」

紗莉香は自分でも、とんでもないことを口走ってしまっているのはわかっていた。けれど、内から溢れる熱い情欲に衝き動かされて、自分でもコントロールできなくなっていた。

「わかった。じゃ、ホテルだね……ママ。それから、どうしたらいいかも教えてよ」

瑞希の手がそっと紗莉香の手に触れると、軽く握られた。

「……ええ、わかったわ。ママがいないとダメよね……」

紗莉香は瑞希のおねだりに答えるように、瑞希の指へ自身の手指を、ねっとりと絡めた。

──こんなの、レンタル義母のお仕事じゃないわよね。せ、セックスの手ほどきだなんて……。

いけないことだとわかっていても紗莉香の中の女は、瑞希をもっと知りたい、彼の特別な存在になりたいと強く願ってしまう。

そうして瑞希と紗莉香は、運河の一望できるシティホテルの一室へ入った。

部屋でシャワーを浴びた紗莉香は、上品なクリーム色のボディスーツ一枚だけの無防備な下着姿で瑞希の前に姿を見せた。

「お待たせ……」

紗莉香の裸身にぴったりとフィットしたボディスーツは、砲弾形に突きだした乳房をさらに大きく迫《せ》りださせ、腰から臀部にかけての悩ましげな身体のラインを、美しく演出していた。

特に豊満なヒップの丸みや張りだしは挑発的なまでに強調されて、紗莉香の熟れた肉感的な魅力が、裸身から淫らに立ちのぼっていた。

ボディスーツの生地はシルクのあでやかな光沢を放ちながらも、胸元からお腹にかけての広い範囲はあでやかなレース生地で彩られていて、白磁のようななめらかな肌が透けて見えた。

そうして股のあたりは大きく切れあがっていて、生白い太腿が大胆に晒《さら》されていた。紗莉香のむっちりと発達した下肢は、凄絶なまでの淫気を放っていた。

上品さと艶めかしさの類稀《たぐいまれ》なるコントラストが、紗莉香の周りの男たちをどれほど惑わせてきたか想像に難《かた》くない。

「あ……その、瑞希くん……そんなにじっと見られたら、ママ、恥ずかしくて……」

瑞希の熱い眼差しを受けて、紗莉香はもじもじと内腿を擦りあわせた。象牙《ぞうげ》のような白く艶やかな肌が羞恥で桜色にほんのりと染まり、その淫靡さに瑞希の視線は釘づけになってしまう。

「ダメ……見ないでって、言ってるのに、もう……」

少し頬を膨らませる仕草さえ、色っぽい。

紗莉香が恥じらいに身体を震わせると、柔肌が妖美に揺れて、甘く官能的な女体の香りがあたりに漂った。

「でも、ママ……すごく色っぽくて……見るなっていうほうが無理だよ……」

自然と滲みだす熟れた女の色香は、童貞の瑞希の情欲を激しく煽《あお》りたてて、理性を奪う。

瑞希はすっかりのぼせあがっていて、鼻息の荒さを隠すこともなく紗莉香に迫ってきた。

「こんな素敵なママと……せ、セックスしてもいいなんて、信じられないよ……」

ケダモノのような性欲丸出しの視線をぶつけられて、紗莉香は身体の芯が甘く締めつけられた。下腹部が熱く疼《うず》き、内奥からじゅわっと愛液が溢れるのがわかった。

「いいのよ、もちろん。私は瑞希くんのママだもの……な、何でも、手ほどきしてあげるから……」

そう言いながらも、紗莉香自身は性の経験が豊富でもなく、瑞希に下着姿を視姦されただけで、心臓の鼓動が速くなっていく。

――私、どうしてこんな大胆なこと言ってしまったの。でも、瑞希くんになら、もっといろいろしてあげたい……私のすべてをあげたい……。

紗莉香は秘所を熱く濡らして、内から蜜を滴らせながらも、瑞希を導きたいと思った。恥じらいで押し潰されそうになりながら、紗莉香は自らを鼓舞してベッドへ座ると、そのまま瑞希の手を引く。

ベッドに引きこんだ瑞希の顔に双乳を押しつけるようにして、強く抱きしめた。柔らかな乳弾頭の狭隘《きょうあい》へ、彼の顔がすっぽりと埋まってしまう。

「ん、んうう……苦しいよ、ママ……」

「あ、ごめんなさい……あ、あふ……んふぅ……」

両の乳球の狭間《はざま》で瑞希の頭が動き、そのくすぐったさと刺激に、紗莉香は淫らな声を出してしまう。

瑞希は紗莉香の乳塊に溺れながらも、乳房の根元に手を這わせて、その大ぶりの乳袋を二つともボディスーツから外へ引きだした。

部屋の外気に晒された膨乳は、抜けるような白さと惚れぼれするような丸みで、瑞希が触れるたびに、瑞々《みずみず》しい震えを見せた。

彼に揉まれ、愛撫されるたびに胸乳から溢れた愉悦が脳髄《のうずい》を蕩けさせていく。乳芯が内側から妖しく花開き、かすかに乳汁が滲んだ。

「あむ、んむぅぅ……んんッ……ママ、おっぱいが出てる……あ、ああ……」

「んふ、あふぅ……い、言わないで、恥ずかしいわ……興奮すると、少しだけ出ちゃうの……昔からよ……あふ、んうう、んふッ……」

瑞希に乳半球を揉みこねられ、紗莉香は甘い吐息を漏らした。

性的な昂りとともに、ミルクが滲むのは昔からだったが、レンタル義母として瑞希の許へ行くようになってからは、より顕著《けんちょ》になっていた。

「母乳だよね……これ、んぶ、んちゅぅ……まるで本当のママみたいだ……」

「あん、あんんッ……そうね、瑞希くんに出会ってから、すごくたくさん出るようになって……私もママになれたみたいで、うれしいわ……くふ、んふぅぅ……」

紗莉香は母性の高まりとともに、胸乳が軽く張ってくるのが自覚できた。その乳房を瑞希はむにゅむにゅと揉み捏《こ》ねて、乳腺を刺激してきた。

そうして彼は赤子のように、乳嘴《にゅうし》をちゅぱちゅぱと吸いたてて、滲んだ乳汁を啜り飲んだ。

瑞希が自分の赤子のように思えて、紗莉香は優しく満たされた気分になった。

「瑞希くん……も、もっと吸って……ママのおっぱいを、たくさん召しあがれ……」

「うん、飲むよ……いっぱい、飲むからね……ん、んふぅ……」

紗莉香は瑞希の唇へ乳暈《にゆううん》を押しつけて、乳頭から滲んだ蜜を積極的に与えていく。強く乳先を吸われ、舌先でれろれろと転がされると、甘い悦びに乳腺が刺激されて、さらに蜜乳が染みだした。

「ん……くふッ、んふ、あふぅぅ……ママ、瑞希くんにミルクちゅぱ吸いされて、あ、ああッ、気持ちいい……気持ちよくって、何も考えられなくなっひゃう……」

紗莉香は授乳の恍惚《こうこつ》に身を任せながら、熱い吐息を漏らした。乳首を強く吸われるたびに胸先で悦びが弾けて、ぶるると上体を震わせてしまう。

——まるで本当の赤ちゃんみたいで、もっとお世話したくなってしまうわね。

授乳のたびに母性が溢れて、これ以上ないほど満たされた気分になった。

ひたむきに乳房へむしゃぶりつく瑞希が愛おしくて、その頭を何度も撫でて髪を梳《す》いてやった。

同時に、瑞希の股間の逸物は隆々とそり返って、硬く尖った先端が幾度も紗莉香の太腿を擦ってきた。

乳房をしゃぶられながら、内腿へ灼熱棒をぐいぐいと押しあてられて、紗莉香の淫らな気持ちに火がつけられた。

キツく張りつめた怒張へ手を伸ばして、そのままねっとりと甘く扱いてやる。大きく張ったエラへ細指を巻きつかせて、緩急をつけて責めると、その心地よさに瑞希は秘竿をビクビクと震わせて感じる。

「……あふ、んふぅ……おっぱい……まだ、たくさん出て……はふぅ……み、瑞希くん、お乳を飲みながら、ママの手でよくなって……」

「あ、あうう……ママのシコシコ、す、すごくって、うう……」

紗莉香のしなやかな手指が幹竿を滑りながら歓喜を注ぐと、瑞希は乳房をむしゃぶりながら、口からミルク汁を垂らしつつ、熱い吐息を漏らした。

切っ先からはカウパーがだらだらと滴り、それが潤滑油となって、いっそう激しい手コキが加えられていった。

瑞希に舐め吸われた両の豊乳は、乳首をいやらしく勃起させて乳汁が滲んだ。

そこを瑞希の舌がれろれろと舐めしゃぶって、高く張った胸乳のドーム屋根が唾液で全面コーティングされて、淫靡な照り輝きをみせていた。

――おっぱい、瑞希くんにこんなにされてしまって……私、ママとして派遣されてきたのに……でも、瑞希くんの初めてになれるのなら……。

紗莉香は瑞希と淫らな関係を結びつつあることを自覚して、ますます興奮してしまう。

かりそめとに与えられた義母としての立場が、背徳的な悦びを深く大きなものにして、紗莉香をいっそう燃えあがらせた。

「ママ、うう……僕、もう我慢できないよ……ママに入れたい。せ、セックスしたいよ……」

「ええ、わかってるわ。ママも瑞希くんと繋がりたい……もう、気持ちが抑えられないの……」

紗莉香は瑞希の屹立を扱く手を加速させながら、その鼻先へ爆乳を押しつけて、彼を精一杯甘やかす。母乳を与え、その屹立を扱くという淫猥さに浸りながら、性欲のままに乱れた。

紗莉香は瑞希の顎先に指をかけると、彼を上へ向かせて、その唇を自身の唇で塞《ふさ》いだ。舌同士が濃厚に絡み、粘膜の擦れる愉悦にしばらく耽溺する。

そのままゆっくりと唇を離すと、唾が銀色のブリッジを作り、空中に溶けていった。

「瑞希くん……ママがセックス、お、教えてあげる……まずは、ママの下着を……脱がせて……」

「うん、わかった……」

瑞希は紗莉香のワンピース形のボディスーツの肩へ手をかけて、丸い肩を露出させると、そのまま腰へとずり下ろしていく。細い腰の括れから、臀部にかけての妖美な曲線が覗いた。

熟れて肉づいた肢体が晒され、恥ずかしさが身体の奥底から噴きあがってくる。狂おしいほどの羞恥に、身体が小刻みに震えた。

秘部をかばおうと本能的に内腿を閉じたとき、ボディスーツで包まれた股間が、ぐっしょりと濡れていることを自覚してしまう。

脱がされる昂りで、秘部からとめどなく蜜が溢れて、下着の内側は淫水が氾濫していた。

——今、脱がされたら、ぜ、全部、見られてしまう……。

紗莉香は身体を捩《ねじ》って、瑞希から離れようとした。

「あ、ま、待って……」

「もう、待てないよ……早くママと繋がりたい……」

瑞希は紗莉香の腰をぐっと引き寄せると、クロッチ部へ手を這わせてきた。瑞希の手が触れると、ボディスーツの股の染みは一気に広がって、秘部のぐしょ濡れぶりが白日の下に晒された。

「あ……そんな……ああ……ッ……」

紗莉香は羞恥のあまり、顔をおおってベッドにぐったりと横になる。

「このまま……ぬ、脱がせてもいいよね?」

「ええ、お願い……ごめんなさ……」

瑞希はボディスーツを下履きのショーツごと脱がして、紗莉香を生まれたままの姿にした。

仰向けのまま、羞恥に打ち震える紗莉香のむっちりと張った大腿部に、瑞希の手がかけられ、そのまま大きく割り開かれた。

「あ……あふ、あふぅぅ……」

蜜をとぷとぷと溢れさせるクレヴァスと、濡れてふやけた繁みが露《あらわ》になった。

瑞希の視線が秘園へ突き刺さり、恥じらいに蜜洞は甘く収縮した。

「……ねえ、ママ。これから、どうすればいいの? もう、い、入れてもいいの?」

瑞希は暴発寸前の怒張を持てあまし気味のようで、穂先からは先走りがとめどなく溢れていた。

――そうね……ママが教えてあげないと、ダメよね。恥ずかしいけど、頑張らないと……。

紗莉香は羞恥に耐えながら身体を起こすと、下腹部を迫りださせてM字開脚の姿勢を、自ら強調してみせた。

「はぁ、はぁはぁッ……ママが瑞希くんに全部、教えてあげるから、安心して……」

手指を自らの秘部へ持っていくと、そのまま人指し指と中指を巧みに使って、スリットをくぱぁと押し開いた。

「……み、見て……これがママのおま×こよ……」

紅く濡れた姫唇が大きく露出し、淫美な花を咲かせていた。

「うん、見えるよ……すっごくいやらしく濡れてて、甘い匂いが漂ってくる……」

彼の熱い視線に炙《あぶ》られて、秘溝からはみだした艶花はヒクヒクと妖しく震えてしまう。内奥からは蜜汁がとめどなく溢れて、花弁をあでやかに濡れ光らせた。

瑞希が顔を秘所へ近づけてくる。その体温と熱い視線を股座《またぐら》に感じながら、漏れた呼気《こき》が秘割れを妖しく嬲《なぶ》ってきた。

――瑞希くんにじっと見られて、変な気分になってしまって……あふ、はふぅ……。

紗莉香は瑞希の熱い吐息に、感じた声を出してしまいそうになるが、ぐっと堪えながらレクチャーする。

「まずは、これ……さ、触られると感じて、気持ちよくなっちゃうところよ……」

指先で膣の上部にある濡れた繁みを搔き分けて、現れた包皮を剝く。かすかなサーモンピンクの濡れ粒が、そっと顔を覗かせた。

「これがクリトリスよ……瑞希くんのおち×ちんと同じで、感じると大きくなるの……今も、あ、ああ……お、大きくなってきて……」

紗莉香の指の腹で擦られると、クリトリスは伸張し大きさを増していく。

「あふ、はふぅ……さっきみたいにおっぱいや、クリトリスを触って、いっぱい感じさせてほしいの……そうしたら、お、おま×こが濡れてきて……女の子の身体が、セックスの準備を始めるのよ……」

顔から火が出そうになりながら、紗莉香は説明をつづけた。

秘溝は紗莉香の含羞《がんしゅう》の凄まじさを示すかのように淫靡に震えて、膣奥から湧きだしたラブジュースを、スリットの外へと垂れ流した。

――恥ずかしいのに、あそこがヒクついて……私、いやらしいことして、感じてしまうなんて……。

鼓動はどんどん速くなっていき、紗莉香は羞恥にのぼせてしまっていた。

「ここに、瑞希くんのおち×ちんを入れてほしいの……な、舐めたり、指でちゃんとほぐしてあげてからでないと、い、痛かったり、キツキツだったりするの……気をつけてね……」

「ママは、もう大丈夫なの？　ぐっしょり濡れて、中からおツユが溢れて、止まらないよ……」

「そ、そうね……ママは、もう大丈夫……瑞希くんにいっぱい感じさせられてるから……あ、あふぅ……」

紗莉香は指先で膣口を目一杯、拡張してみせた。幾重にも絡んだ膣ヒダがしっかりと覗いて、奥のぬかるんだ朱粘膜まで、瑞希へすべてをさらけだした。

「ご、ごく……これが、ママのおま×こなんだね……中までしっかりと見えるよ……でも、意外に浅くて……」

「え、あ……き、気のせいよ……こういうものなの……」

浅いと言われた瞬間、紗莉香は自身の処女膜を見られた気がして、心臓が止まりそうになった。

――初めてだってこと、気づいてないわよね。エッチの手ほどきをするママも初めてだなんて、瑞希くんに言えない……。

至近距離で秘膜まで視姦されて、身体の奥で暴れ狂う恥ずかしさに、意識が遠退《の》きそうになった。

同時に身体は激しく感じて、熱く溶けた秘筒はヒクヒクと熱く疼いて、秘芯は勃起しきっていた。

「じゃあ、瑞希くん……さ、ママの中に入れて……本当のママなら、お帰りなさいなのに……ごめんなさい……」

「そんな……僕、実のママのことはほとんど覚えてないから……紗莉香さんが、ママが本当のママだよ……」

瑞希は我慢汁で濡れ光った雄槍を、紗莉香の秘裂へしっかりとあてがう。

「それじゃ、ママの中に入るね……」

「ええ……お、お願い……」

頷く紗莉香を見てから、ゆっくりと雁首を挿入してきた。

「あ、あふぅ……み、瑞希くんの……中に入ってきて……んあ、んあああッ……」

紗莉香は膣口が拡張される感触に酔い痴《し》れながら、大きく息を吐く。

内奥に溜まった蜜が雁首に押しだされて、結合部から零《こぼ》れだした。

——うぐぅ、瑞希くんと繋がってしまって。これから、私の初めてを瑞希くんに捧げるのね……。

初めてのペニスを受け入れた緊張に、紗莉香は身体を固くするものの、処女を気取《けど》られないようにと、余裕ぶった表情をあえて見せる。

そうして「ゆっくり優しく動いてね」と、自らの戸惑いを押し殺して、知ったかぶりのセックス指導をしてしまうのだった。

瑞希は紗莉香の様子を真に受けて、そのままゆっくりと浅く膣を掻き混ぜていく。ちゅくちゅくと淫らな粘水音が響き、愛液で濡れた屹立が出入りした。

「う、うう、んううッ……ママの中、温かくて、柔らかくて……最高だよ……」

進学のため、北の大地へ一人で来た瑞希。そんな自分の心細さを支えてくれた紗莉香に、瑞希は完全に心を奪われ夢中になっていた。

「本当にママとセックスしてるんだね、僕……」

そんな彼女と一つになれていることが、未《いま》だ信じられない。

「ああ、ママ、ママっ、ママ……」

感慨深げに瑞希はママと連呼しながら、さらに腰を密着させた。紗莉香の膣ヒダは、それ以上の侵入を阻《はば》むかのようにキツく絡んできた。

切っ先にぬかるんだ薄膜が当たって、瑞希はそれより奥へ進めないでいた。

「ん、んうう……ママの中、まだいけそうだけど……こ、これ、何だろ……？」

「瑞希くん……す、少しずつ、お願い……あ、あん、あんんッ……先っぽで、ママの中、擦られて、んひ、んひぃぃ……」

硬く張りつめた槍先で膣の軟らかな感触を幾度も押しながら、少しずつ奥へと潜っていく。

「う、うう……んんッ……ママの奥に、少しずつ入っていって……」

「……あぐ、あぐぐ……んふ、はふぅ……」

紗莉香は額から汗を流して、明らかに苦しそうな様子だった。瑞希は挿入を休むと、彼女の顔の汗を手で優しく拭った。

「ママ、大丈夫？　すごくつらそう……」

「ええ、大丈夫よ。ママ、頑張るから……瑞希くんも、さ、お願い。おち×ちんを、もっと奥にちょうだい……ママを思いきり、貫いて……」

「うん……ゆっくり行くよ……」

さらに瑞希は怒張を膣奥へ進ませると、かすかな抵抗がふっとなくなり、亀頭が一気に膣奥へ潜りこんでいった。

「い、痛いぃ……んくぅ、んっううぅ………」

同時に紗莉香は歯を固く食いしばり、表情を歪《ゆが》める。その様子を見て、瑞希はすべてを察した。

「ママ、も、もしかして……初めてなの……？」

「……うん。実は……黙ってて、ごめんなさい……あふ、はふぅ……」

呼吸を乱しながら、紗莉香はいたずらがバレてしまったみたいに小さく舌を出した。

「だって……こんな年上のママが処女だなんて、おかしいもの……私が瑞希くんを導いてあげないといけないのに……」

「……そんな。だって、ママは僕にいっぱい教えてくれたよ。初めてだったら、そう言ってよ……全部、ママに任せちゃって……」

瑞希は紗莉香を気遣って、腰を密着させたまま動かずにいた。逆に紗莉香の秘壺がかすかに蠢《うごめ》いて、瑞希を責めたててくる。

「う、うう……」

くぐもった呻きとともに瑞希が腰を震わせると、交合部から液が溢れてシーツを濡らした。

零れた愛汁はほのかに薄桃色に染まっていて、紗莉香の破瓜《はか》を示していた。

「ママ、動くと痛いよね？　このまま、じっとしてるよ……」

「ありがとう、瑞希くん。ママがもっと気持ちよくさせてあげればいいのに、入れたまま動くなって、生殺しみたいで……」

「僕はママの中に入れただけで、満足だよ。今もママの熱が伝わってきて、おち×ちんが溶けそうなほど気持ちいいよ……」

処女膜の奥は思った以上に深く、瑞希の幹竿は完全に呑みこまれてしまっていた。繋がったまま二人は互いに見つめあい、蕩けるような甘いキスを繰りかえした。

「あふ、んふぅぅ……瑞希くんのキス、激しくって素敵。さっきもお外であんなに激しくて、ママ、頭の中が真っ白になっちゃった……」

「だって、ママの舌遣いがエッチだったから。いつもと全然、違ってたよね？」

瑞希が耳許でそう囁くと、紗莉香はたちまち顔を紅潮させた。

「だ、だって……その、つい夢中になってしまって……いやらしくお股を拡げて、おち×ちんを咥えてるだけで、は、恥ずかしいのに……もうッ……」

紗莉香は真っ赤になったまま、恥じらいのあまり目線をそらした。その仕草が愛らしくて、瑞希は彼女を強く抱きしめる。

そのまま紗莉香の唇を吸い、舌を口腔へ潜らせた。彼女も舌を巻きつけてきて、情欲の昂りに任せた、濃厚なベロキスがしばらく続いた。

やがて紗莉香の膣洞は淫らにうねついて、瑞希のいきりへ絡んできた。膣ヒダが幹竿の首根へ妖しく吸いついて、ピストンをねだってくる。

「う、うう……ママのおま×こ、ほ、ほぐれてきたのかな。吸いついてきて、気を抜いたら、だ、出しちゃいそうだよ……くうう……」

瑞希はかすかに呻きを漏らしつつ、射精衝動を必死で堪える。精嚢が引き攣って、滾《たぎ》る白濁が竿胴の内側を迫りあがっては下りを繰りかえした。

「あ、あふぅ、これは、おま×こが勝手に動いて……あ、ああ……」

「ママが、ほしがってるってことだよね？　僕も我慢できないし、動くよ……」

瑞希の問いに紗莉香は黙ったままで、ますます顔を赤くした。

そうして恥ずかしそうに目を伏せながら、小さく頷いた。

「じゃあ、いくね……んぅッ、んくぅッ……」

紗莉香の様子を見ながら、瑞希は腰をゆっくりと遣いはじめた。

いきりが膣口を出入りするたびに、ぐちゅぐちゅと濡れ音が響き、愛液が飛沫となって散った。

「あ、あふ、くふぅ……あひ、んひぃぃ、瑞希くんのお、おち×ちんに、ずぽずぽされて、あ、あはぁぁ……い、いい、いいの……感じてきて……」

「よ、よかった……僕もママの中、よすぎて……んうッ、んくうぅッ！」

瑞希は怒張の暴発を必死で抑えこみながら、下腹部を紗莉香へぶつけつづけた。

拡がりきった秘裂からは濡れた雄根が激しく抜き挿しされて、結合部が猥雑に泡立った。

甘いメスの香りが漂ってきて、淫靡な雰囲気の中で瑞希はますます昂って、ピストン運動を加速させていく。

「あ、あッ、あんッ、んはぁ、んぁはぁッ！　おま×こ、いっぱい突かれてぇ、すごい、すごいぃぃ……私、初めてのセックスなのに、こんなに感じひゃって、あはぁ、あはぁぁッ……こんな淫乱なママを許してぇ、んひ、あひぃ……くひぃッ！」

紗莉香は自らも下腹部を跳ねさせて、瑞希の剛直を貪り求めた。

雄槍が蜜壺の中を出入りするたびに、乳房を振り乱して艶肌を波打たせつつ、交わりの悦楽を全身で享受《きょうじゅ》した。

初セックスとは思えないほどの紗莉香の乱れぶりに、瑞希も高揚して彼女の膣奥を若いスタミナに任せて、ガンガンと叩き貫いた。

「んひ、くひぃ……お、おま×この奥ぅ、瑞希くんのおち×ちんと、いっぱいキスして、あ、愛しあってるの、気持ちよすぎてぇ……んッ、んうぅ、くふぅッ！」

紗莉香はひと突きごとに妖しく悶えて、あられもない姿を晒す。

貞淑《ていしゅく》な紗莉香が、艶腰を淫らにくねらせて怒張に感じる様は、瑞希をますます昂らせた。

「あひ、くひッ……もっと硬い先っぽでガンガン突いてッ、亀さんでおま×この奥にキスっ、ディープキスしてぇッ……ひう、ひぐぅ、ひぎぃい、ひぐぅんッ！」

「んふぅッ、ほら、ママの望みどおりッ、僕のチ×ポでいっぱいキスしてあげるから、んうッ、んううぅッ！」

瑞希は紗莉香の求めに応じて、腰のストロークを大きくして、膣奥を抉《えぐ》るように突きあげた。切っ先は子宮口の秘環を幾度も叩き、固く閉じた入り口をほぐしていく。

「んい、んいひぃい、子宮にまで、ひ、響いてぇ……ひぐ、ひぐぅう、んぐぅう……は、初めてのママを、そんなに激しく責めちゃ、だめッ、だめぇぇーッ！」

紗莉香は背すじを大きくそらして、四肢を突っ張らせながら悶《もだ》えつづける。

彼女がいやいやと頭を振るたびに、流麗《りゅうれい》な髪はシーツへ打ちつけられて、淫靡に乱れ広がった。

「いやらしい声で鳴くママ、本当にそそるよ……もっと、もっと、ママを乱れさせてあげるからッ！　んうッ、んううッ！」

「ひう、ひうぅぅ……ひぎぃぃッ！　瑞希くんッ、そんなにしたら……ら、らめッ、らめぇぇ、らめぇぇッ！　ママ、い、イクぅ、イっちゃううぅぅ――ッ!!」

興奮した瑞希のケダモノのようなピストンに膣奥をほぐされて、トドメに子宮口へ筒先をずぶぶと押しこまれた。

子宮まで響くひと突きで、紗莉香を一気に絶頂へ押しやった。

「ひぐぐぅ……私……ママなのに……こんな年下の瑞希くんに、めちゃくちゃにされてッ、い、イカされひゃうぅぅッ！　あ、あぁッ、あはぁあああぁ――ッ!!」

紗莉香は生白い喉を晒して、ひときわ大きな嬌声《きょうせい》をあげながら、愉悦の頂《いただき》に達した。

「ぼ、僕も、出すよ……くぅうううぅッ!!」

同時に瑞希も昇り詰めて、紗莉香の膣内へ初めて中出しをした。ビクン、ビクンと幹竿の快《こころよ》い律動とともに、白いマグマが放たれる。

「あふ、あふぅぅ……い、イったおま×こに、瑞希くんの精子、いっぱい出されて……ママなのに生で出されひゃって……あはぁぁ……」

瑞希の子種が膣粘膜へ染みこむ心地よさのためか、紗莉香はうっとりとした表情をする。

緩みきった美貌はあまりに淫蕩で、瑞希は興奮のままに射精しながらも腰を遣って、さらに多量の白濁を迸《ほとばし》らせた。

「んあ、んああッ、くふぅぅ……瑞希くんの精液、まだ出されて……も、もっと中に出して……私を本物の、ママにしてぇ……」

精を直接身体で受ける悦びに陶然《とうぜん》となった紗莉香は、メスの性欲のままに両脚をいやらしく瑞希の腰へ巻きつけてきた。

「精液をほしがるママ、すっごくいやらしいよ……」

「だ、だって、瑞希くんが悪いのよ、こんなにいっぱい中に出して、あ、あーッ、またぁ……熱くて濃いのが、びゅくびゅくってきてるぅッ、んっあああッ！」

手も脚も全身を瑞希に絡みつかせながら、紗莉香は放精に生白い裸身をビクビクと跳ねさせつつ、エクスタシーを迎えた。

「あふ、あふぅぅ……瑞希くん、好き、好きぃ、大好きらよぉ……」

そうしてぐったりとなったまま、熱く潤んだ瞳を瑞希へ向ける。

「僕もママが好き、好きだよ……」

瑞希は紗莉香の唇を奪うと、今度は紗莉香の存在を確かめるように、ねっとりと舌を出し入れした。舌先が甘く擦れて、唾液が幾度も交換された。

二人は肌を密着させて、上も下も繋がったままで、アフターの余韻《よいん》をこころゆくまで楽しむのだった。

第三章　乗馬倶楽部でドキドキ青姦

瑞希とホテルで淫らな行為に耽ってからというもの、紗莉香の肢体は目覚めたかのように、オスを欲《ほっ》してしまっていた。

ふとしたときに、瑞希との激しい交わりを思いだして、秘部を熱く濡らしてしまう。

——私、こんなふしだらな女じゃないのよ。それに、レンタルとは言っても、ママの立場で瑞希くんとセックスしてよかったのかしら……。

紗莉香がいくら迷いや戸惑いを覚えても、熟れた女体の渇《かわ》きを抑えることは難しかった。

——瑞希くんとのエッチ、本当に凄かった……。

なにより瑞希は紗莉香が知った初めての男で、天にも昇るセックスの心地よさに、彼女の心は完全に奪われてしまっていた。

紗莉香は仕事を終えて自室に戻ると、身体の甘い疼きに引きずられるようにして、ベッドの上で一人、自慰に耽った。

指先をすばやくショーツの股部へ這わせて、薄い生地越しにねっとりとまさぐっていく。

やがてたまらなくなって、直接秘部をいじりはじめた。

スリットから滲んだ蜜液を細指に絡め、クリトリスへ塗りつけて、そのまま擦りたてていく。

秘芯から背すじへ抜ける喜悦に呼吸を乱しながら、裸身を艶めかしく揺さぶった。

——瑞希くん……もっと激しく、して……。

思いだすのは瑞希のことで、彼の指をイメージしながら、秘所をねっとりとまさぐっていく。

昂った蜜孔からはさらにおねだりの液が溢れだして、手指に妖しく絡んだ。

やがて秘部から零れたラブジュースは、尻の狭隘へと滴り落ちて、シーツに染みを作った。

紗莉香の膣孔は淫らに収縮して、さらなる責めを求めていた。

——中も、ほしいのよ……お願い、瑞希くんッ……ま、ママに入れてぇ……。

想像の中の瑞希は、紗莉香の淫らなおねだりに、いきりを挿入してくれた。

紗莉香は瑞希のペニスに代えて、自らの指を姫割れの奥へずぶと突きこみ、それをくの字の形に曲げて、膣内の敏感な箇所を擦った。

「あ、ああ……あはぁぁ……み、瑞希くん……もっと、ママをもっと責めてぇ、エッチに乱れさせてぇぇッ！」

昂った紗莉香は淫らな嬌声をあげながら、スリットへ抜き挿しした。じゅぷじゅぷと淫猥な音が静かな部屋に響き、愛汁が飛沫となって散った。

下腹部からはメスの香りが立ちのぼり、部屋を満たした。自らの秘部の甘い匂いに浸りながら、紗莉香はますます昂って、メスの性欲のままに自慰を続けた。

──瑞希くんのおち×ちん、もっと、お、奥まで、んんッ……。

若い雄棒に秘壺をめちゃくちゃに掻き混ぜられる妄想をしながら、紗莉香は愉悦の高みへ昇っていく。

「あひ、あはぁ、んはぁッ……も、もっと、いっぱいして……ママのこと、イカせて……んくぅ、んくふぅぅ……」

花弁を出入りする指は、一本から二本、そして三本へと増えて、膣奥までめちゃくちゃに掻き混ぜつづけた。

ただあと少しというところでイキきれずに、時間だけが過ぎていく。

──うう、あと少しなのに……。

紗莉香は自慰で火照った身体を持てあましながら、ベッド脇に置いてある小ぶりのローターを手にすると、膣口へもぐりこませた。

そうしてリモコンのスイッチを入れると、膣内のローターが低い唸《うな》りとともに振動した。

「……ひ、ひぐぐ……あぐぐぅぅ……あ、ああ………」

蜜壺の中で暴れるローターに性感帯を幾度も刺激されて、紗莉香は緩みきった表情を晒した。

膣から子宮にかけて愉悦の波が走り、そのまま意識まで攫《さら》われてしまいそうになる。

「んひ、んいい……ろ、ローターぁ、いい、いいのぉッ……あぇ、あええぇッ……」

激しい悦楽に身体の芯まで蕩けさせられて、紗莉香の頭は真っ白になっていた。ただローターのもたらす喜悦に、裸身を悶えさせるだけで精一杯だ。

かすかに開いた唇からは舌がはみだして、口の端からは涎《よだれ》が滴った。

──エッチな道具まで使ってしまう、淫らなママを許して……でも、こうしないと、自分が抑えられないのよ……。

関係を持ってからも、紗莉香は瑞希の前ではちゃんとしたママを演じていた。だが、内心は彼のペニスがほしくてたまらなくて、淫らな本性を晒したくなる衝動に駆られていた。

——私、こんな女じゃないのに、どうしてしまったの……。

紗莉香は瑞希の期待に応える立派なママでありたいと願っていたが、同時に彼女自身は一人の女で、荒ぶる獣欲をいつまで抑えていられるか自信がなかった。

——でも、ごめんなさい……ママはいけない女なの……セックスの悦びを覚えてしまって、身体が我慢できないのよ……。

少しずつ身体を苛《さいな》み、高まりつつあったローターオナニーの悦楽は、急激に上昇線を描いていく。

「んいい、い、イク、イクイクイクぅぅ……イクぅぅんッ！　ローターで、またッ、い、イクぅう、イっひゃうぅッ……いやらしくッ、あ、アクメしひゃうぅ——ッ!!」

そうしてふだんの紗莉香ではありえない、獣のような咆吼《ほうこう》をあげながら、四肢を突っ張らせて一気にクライマックスへと衝き抜けた。

「んはッ、んはぁあぁッ！　イグ、イグぅぅッ、イっぐぅ——ッ！　いっはぁああぁ——ッ!!」

紗莉香はベッドの上で捲れあがったスカートから生白い太腿を晒し、淫らなブリッジを決めながら大きく果てるのだった。

「あ、ああ……い、イっひゃった……また、ローターで……」

アクメの余韻にどっぷりと浸りながら、紗莉香はローターの動きを止めた。

瑞希をほしがるあまりに切なく疼く身体を持てあまし、紗莉香がローターを購入したのは数日前だ。

それから今日までに、数えきれないほどローターで自慰をして絶頂した。

瑞希と肉体関係を持ってしまった後悔さえも、自慰の愉悦の凄まじさに押し流されていた。

「も、もう一回くらい……い、いいわよね……」

まだ満足しきれない女体を慰めるために、紗莉香は再びローターのリモコンスイッチに手を伸ばすのだった。

＊

数日して、瑞希と紗莉香は近郊の乗馬クラブへ遊びに行くことになった。

春らしく少し暖かくなってきて、瑞希がどこかへ遊びに行きたいと言ったのが発端《ほったん》で、紗莉香の勧めたのが乗馬だった。

「でも、僕、乗馬なんてしたことないよ……」

「大丈夫、ママが昔やってたから、フォローするわね。馬に乗ると楽しいわよ♪」

瑞希は紗莉香と出かけられるならどこでも大歓迎だったし、それにせっかく北の大地まで来たのだ。大自然を肌で感じたいという思いもあった。

「うん、ちょっと興味はあるけど……」

「じゃあ、決まりね！　一日体験コースもあるから、気楽に行きましょう」

そんなやりとりがあって、二人で乗馬クラブに遊びに行くことになった。

当日、車で迎えに来てくれた紗莉香は、水色の涼やかなブラウスにジャケットを羽織っていて、下は乗馬キュロットを履いていた。

そうして首には黒い皮のチョーカーがついていて、小さな銀のペンダントが細い首筋を美しく彩っていた。

紗莉香はふだんとは違う凜々しい姿で、瑞希はその乗馬スタイルに見惚れてしまっていた。

ぴっちりと下肢を覆う乗馬キュロットは、高く突きだした双尻から、むっちりと張った太腿の蠱惑《こわく》的な魅力まで、余すところなく描きだしていた。

そうして紗莉香が歩くたびに、下肢の柔肉の躍動的な動きがはっきりと伝わってきて、立ちのぼるフェティッシュな色香に圧倒されてしまいそうだ。

――ママ、裸よりも断然、色っぽくて。お尻も、太腿もたまらないよ……でも、こんなこと言ったら、嫌われちゃうかな……。

瑞希は血潮の熱い騒ぎを気取られないように、平静を装って見せる。

けれど視線はどうしても紗莉香の熟れた太腿から、くっきりと露になった股根へ注いでしまう。

紗莉香が少し動くだけで、太腿を包むキュロット生地は柔らかな腿肌の波打ち具合まで教えてくれて、瑞希はますます彼女の下肢から目が離せなくなってしまった。

「……もう、瑞希くん。へ、変なところばかり見ないで……恥ずかしいわよ……」

「あ、ご、ごめん……」

熱い視線を注がれた紗莉香は、かすかに頬を赤らめた。もじもじと内腿を擦りあわせる姿が愛らしく、また淫らで、瑞希は反応しそうになる股間を必死で諌《いさ》めた。

「じゃあ、い、行こうよ……予約してるんだよね？」

「ええ、そうね……」

二人はぎこちなく車に乗ると、目的の乗馬クラブに向かった。

初めての瑞希は跨った馬に怖がりつつしがみついたまま、クラブの人に手綱《たづな》を引いてもらって、柵内を回ったりした。

その間も紗莉香は一人で馬を操って、軽く歩かせたりしていた。

「ね、瑞希くん……どう？」

紗莉香は瑞希のほうへ、ゆっくりと馬を寄せてくる。

「少しずつ慣れてきたけど……一人では無理かな……」

「そうよねえ……じゃあ、ママと二人乗りしてみる？」

「え、あ……いいの？　迷惑かけちゃうよ……」

「大丈夫よ、いっしょに乗ったほうが、コツがつかめるわよ」

「じゃあ、ママ、お願い……」

そうして瑞希はおっかなびっくりで、紗莉香と馬に二人乗りすることになった。

瑞希が前で紗莉香が後ろだ。彼女が瑞希の背中を抱くような格好で、手綱を握って馬を操ってくれる。

身体が密着し、紗莉香から甘いラベンダーの匂いが漂ってきて、鼻腔を心地よくくすぐってくる。

そうして風になびいた紗莉香の長い髪が首筋にさらさらと当たって、否応なくその存在を意識させられてしまう。

「ふふ、準備はいい？　それじゃ、行くわね……」

「う、うん……ゆ、ゆっくりだよ……」

「わかってるわよ……んふふ、いきなり駆けだしたりしないから」

紗莉香が馬を歩かせると、心地よい揺れが馬を通じて伝わってくる。

次第に揺れは大きくなり、身体が上下に弾むように揺れた。鐙《あぶみ》に足をかけていても、不安定さにどうしても慣れない。

そうして背中には、紗莉香の盛りあがった胸乳がしっかりと当たっていて、それも瑞希を落ち着かせない原因になっていた。

身体が揺れるたびに、大きく張った乳房のクッションが瑞希の肩甲骨のあたりを、むにゅむにゅと押してくる。

「ほら、前を見て。お、落ちちゃうと危ないわよ……」

「う、うん……」

そうして高く張った双乳を押し潰すように背中で体重をかけてしまうたびに、紗莉香の唇からは感じたような甘い喘ぎが零れた。彼女の荒い息遣いが耳許を、そして首筋を幾度も妖しく嬲ってくる。

——わざとじゃないと思うけど……こ、これ……うぅッ……。

次第に紗莉香も無言になって、乳房をぎゅっと押しつけたままの二人乗りが続いた。

紗莉香の艶っぽい存在を背中に感じながら、瑞希の股間は自然に反応してしまっていた。膨らんだ屹立は痛いほど張り詰めて、ズボンの内から力強く突きあげてきた。

——こんなところで、マズイ……お、おさまってよ……。

もじもじと動く瑞希の様子に気づいたのか、紗莉香は熱い吐息混じりで話しかけてきた。

「どうしたの、瑞希くん……動くと、本当に危ないから。足を鐙にしっかりとかけて、前を見て……」

「あ、うん……わかったよ……」

ただ意識するほどに、背中の感覚は鋭敏になって、彼女の温もりや柔らかさを強く感じた。熟れた甘い香りが鼻腔をくすぐり、なんとか前を向くのがやっとだ。

紗莉香の艶めかしさに炙られるような、淫らすぎる乗馬はしばし続くのだった。

そうして馬から降りたときには、いきりは大きくそり返っていて、瑞希は前屈《かが》みになってしまう。

「あ、あら……瑞希くん、それ……」

股間に張ったテントを、紗莉香に見られてしまう。驚きながらも、あまり慌てた様子はなかった。

瑞希に乳房を押しつけてしまっていたのは、わかっていたのだろう。頬を朱《しゅ》に染めて、熱く潤んだ双眸《そうぼう》は瑞希の勃起へ向けられていた。

「こ、困っちゃったわね……その……どうしましょう……」

「ママのお、おっぱいが背中に当たって、こうなっちゃったんだ……だから……」

瑞希は甘えるように、じっと紗莉香を見つめる。

「え、えっと、その……ママのせいなのよね……」

その視線に、彼女は瑞希におねだりされていると理解し、顔をますます紅潮させた。

「……じゃあ、ママがなんとかしてあげなくちゃダメよね……」

紗莉香の視線が瑞希へ向けられ、その熱く潤んだ瞳の色っぽさに、瑞希は息を吞んでしまう。

「ここだと、ひ、人目もあるから……こっちへ来て……」

紗莉香に手を引かれて、乗馬クラブの建物の裏へ連れていかれる。周囲にひとけはなく、二人きりだ。

「じゃあ、い、いくわね……」

「う、うん……」

紗莉香の手がそっと瑞希の腿のあたりへ伸ばされる。そうしてズボンの上から盛りあがった股間に柔らかく触れると、ねっとりと撫で擦りはじめた。

桜色のネイルが股間で躍る様が淫靡で、瑞希はますます怒張を雄々しく隆起させた。

「あう、あうう……ママ、直接、さ、触ってほしいな……」

「ええ、いいわよ……直接ね……ごく……」

瑞希のチャックをゆっくりと下ろすと、勢いよく飛びだしたいきりへ指を巻きつかせて、穂先の括れを扱いていく。

「これで、どうかしら……？」

「うん、いいよ、すごく気持ちいい……ママの綺麗な指で触られて、扱かれているだけで、夢みたいだ……」

瑞希は息を弾ませながら、うっとりと紗莉香の手淫に身を任せる。

屋外で手コキされる興奮もあいまって、雄根はさらにキツく張り詰めて、鈴割れから透明な液を滴らせた。

それが竿胴へ垂れ落ちて、紗莉香のしなやかな指を淫らに濡らしていく。

「んふ、お汁がたくさん出てきて……ママのしこしこで、感じてくれてるのね？　うれしい……」

紗莉香も瑞希の屹立の淫らな様子にあてられたかのように、手指を大胆に蠢かせて、刀身を弄《もてあそ》びつづけた。

細指に淫液が妖しく絡んで、指の股にねっとりと糸を引く。淡いピンクの爪先が雫で濡れて、妖美な輝きを見せていた。

指の腹の柔らかさが雁首の張ったエラを幾度も扱き、愉悦の奔《ほん》流を注ぎこんできた。瑞希は下腹部を蕩けさせられて、立っているのがやっとだ。

手コキの愉悦に喘ぎながら、瑞希は彼女の身体に手を伸ばして、その熟れた肢体の柔らかさを堪能する。高く張った乳房へ五指を潜りこませて、むにゅむにゅと揉み捏ね、つきたてのお餅のようなしっとりとした弾力を楽しんだ。

同時にもう一方の手を紗莉香の双尻へ這わせて、ぷるると弾む尻肌の温もりとすべらかさを貪った。

「あ、あん……瑞希くん……エッチな触りかたで、は、恥ずかしいわ……」

紗莉香も瑞希に触られて感じてしまっているのか、臀部をぶるると震わせながら、淫らな喘ぎを漏らした。

「でも、ママのお尻、すっごく綺麗でエッチで……触るなっていうほうが無理だよ」

瑞希は乗馬キュロットのつるりとした生地越しに、尻たぶの柔らかさを堪能し、そのまま臀部の狭隘に手を這わせていく。

「くふ、あふぅぅ……んふぅ……そこは、か、感じやすくて、あ、ああッ……お尻の間は、だ、ダメ、ダメぇぇ……んう、んううッ……」

瑞希の妖しい指捌きに紗莉香は昂りのあまり、いやらしくヒップを振りたてて悶えてしまう。

「うう、ママ……僕、もう我慢できないよ。手だけじゃなくて、ここでママとエッチしたいよ……」

「そ、そんな……だ、ダメよ……お外でなんて……それに、ここはセックスするような場所じゃないの……お馬さんに乗るところなのよ……」

そう言いながらも、紗莉香の手指は幹竿に妖しく絡みつき、手首のスナップを利《き》かせながら屹立を激しく扱いてくる。

紗莉香の理性は、必死で性欲と戦っているようにも思えた。

「じゃあ、い、入れなくてもいいよ……お尻で扱かせてよ。お、お願い……」

今の淫蕩な紗莉香ならエッチなお願いも聞いてくれる気がして、強引にペニスを彼女の尻たぶへ押しつけた。亀頭で膨らんだ尻丘を押すと、張ったキュロット生地に妖美なシワができて、逆に押しかえしてきた。

「そ、そんな……こんなところで……あふ、くふぅぅ……」

灼熱棒を尻たぶへ押し当てられた昂りで、紗莉香は豊満な艶尻をぶるると淫猥に跳ねさせた。

キュロットは二つの艶めかしい尻球と、その狭隘の深い切れこみまでも吸いつくようにラッピングしていて、裸尻の形をそのままに伝えながらも、それ以上の凄絶な淫気を放っていた。

「だ、ダメだよ、もう本当に我慢できないよ……ママのエロいお尻が、こんな近くにあるのが悪いんだよッ！」

瑞希は狂おしい情欲のままに、肉感的な臀部の盛りあがりへ剛直の幹を何度も打ちつけて、雁首の敏感な箇所を幾度も擦りつけた。

豊尻の淫靡な峡谷へ竿胴を押しこみ、両岸から迫る尻肉の弾力を貪った。

「あんッ、そこはお尻の間は……か、感じすぎてしまうのに……あひ、あひぃ……」

震いつきたくなるようなヒップの肉感は、瑞希の理性を失わせるに充分すぎた。そのままキュロット生地に包まれた尻球を手で引き寄せて怒張を挟みこむと、腰を打ち振って勝手に双尻を使い始めてしまう。

「も、もう止まらないよ……んう、んうぅッ……」

「ああッ、瑞希くんのおち×ちんがいっぱい擦れてぇ、んふ、んあ、んああッ……」

紗莉香も瑞希に引きずられるように、建物の壁に手のひらを突いて、双尻をいやらしく差しだして、恥らいつつも尻奉仕の体勢を取った。

紗莉香の大胆な立ちバック姿は、彼女の双臀の張りと膨らみの魅力を強調していて、あまりの淫らな格好に瑞希の雄竿は猛《たけ》り狂った。

興奮のままに反った刀身をぐいぐいと双丘の合間へ押しつけて、深く切れこんだ谷底で雁首が尻肌に揉まれる心地よさに耽った。

「く、くうぅッ……ママのお尻、なんて気持ちよさなんだ！　手もいいけど、こっちもたまらないよ……んう、んうう……」

その魔性の心地よさに引きずられて、瑞希は尻コキに夢中になってしまう。キツく張ったエラが、尻たぶのもっちりした柔らかさに絡みつかれて、吐精が促された。

迫りあがってくる灼熱を堪えつつ腰を打ち振りながら、乗馬キュロット越しの熟尻の感触に、すっかり溺れてしまっていた。

「う、うう、ママのお尻、ズボン越しでもいやらしいなんて、ずるいよ……く、くうッ、もう、だ、ダメだ……で、出ちゃいそうだよ……」
「あん、あんんッ……いいわよ、出しても……瑞希くんの熱い精液、いっぱいママにかけてッ……ああ、お願いッ……」

紗莉香も昂りのあまり、丸く張ったヒップを振りたくって、瑞希の雁首を扱きたてた。尻球で竿胴を扱きたてるという自らの痴態に酔い、瑞希の昂りにあてられて、紗莉香もまた興奮の極みにあった。

「う、うう、ママ……だ、出すよッ、あくううぅッ！」

瑞希は呻きとともに、白濁をびゅるるると噴きあげて、紗莉香の乗馬キュロットを白く染めあげた。

「あんッ、すごい量……まだ、出て……あふぅ……背中まで、べとべとにされちゃったわね……」

紗莉香はうっとりとした様子で、瑞希のほうを向く。

彼女の言葉どおり、噴きあがった精は紗莉香のお尻から背にかけてを、ぐっしょりと汚していた。

「ご、ごめんなさい……ママ……」

「いいのよ、もう、満足できたのかしら……？」

「いや、それが、まだ……う、うう……」

ザーメンまみれの紗莉香の淫尻を見せられて、瑞希の屹立はさらに力強さを増してしまう。

切っ先からは物足りないとばかりに、再びカウパーが滴っていて、竿全体がいやらしく濡れ輝いていた。

「じゃあ、ほら、いいわよ。ママで、気持ちよくなっても……お、お尻だけじゃなくて、ほら、お股はどうかしら？」

「ま、股って……いいの？」

「もちろんよ……本当はこっちでよくなってくれるものだと思ってたから……」

紗莉香は耳まで赤くしながら、もじもじと告げる。考えてみれば、尻コキよりも素股のほうがノーマルだろう。

——でも、この間まで処女だったのに素股だなんて。ママもエッチなことに興味があるのかな？

彼女の秘められた淫らな本性を見てしまった気がして、瑞希は胸の鼓動が速くなるのを感じていた。

「じゃあ……す、素股でいいんだよね？　ここだったら、ママも気持ちよくなれるよね？」

「そ、そうね。お願い……」

瑞希は紗莉香のヒップへ手を添えると、優美にそり返った刀身を彼女の股と太腿の作りだす狭隘へと挿入していく。

そのまま瑞希が腰を遣いはじめると、乗馬キュロットのすべらかな布地の感触が太幹を心地よく擦りたててきて、切っ先がビクビクと妖しく脈動した。

──お尻もよかったけど、ママの素股もすごいよ。太腿のむちぷりした感触って、こんなにエッチで気持ちいいんだ。もう止められないよ……。

キュロットの生地越しでも、生腿の柔らかさはしっかりと伝わってきて、いきりを甘く扱きたててくれた。

内奥で滾る灼熱が竿胴の内へと迫りあがってきて、そのまま爆ぜてしまいそうだ。

「あう、あううッ……」

瑞希はたまらず、くぐもった呻きを漏らした。小刻みな震えとともに、切っ先からはカウパーが滴りつづけて、精の甘い匂いがあたりに漂った。

「瑞希くんのおち×ちん、すごく反応して、いやらしい……ほら、もっと動いていいのよ、いっぱい感じて……」

「う、うん。動くね……ママでいっぱい気持ちよくなるからッ！」

紗莉香の熟れた尻たぶをぐっと摑むと、下腹部を大きく振りたててやる。

怒張とキュロットで包まれた股座が幾度も擦れて、妖しい愉悦が間断なく屹立を襲った。

甘く淫らな摩擦悦に引きずられるようにして、腰を遣いつづけた。

「あふ、あひぃ……んふぅぅッ……瑞希くんの太いのが、あそこに擦れてッ……」

布越しに秘部を擦りたてられて、紗莉香は丸く張った双臀を大きく揺さぶって、身悶えした。そうして太腿をきゅっと内へ引き締めて、剛棒をしっかりと捕らえつつ、下腹部をスライドさせてきた。

「あ、ああッ、あはぁぁッ……あううッ……くふぅッ……だ、ダメ……ひ、ひあッ……ママも感じてしまって、腰、動いちゃうッ、あふ、あくふぅッ……」

「うう、くううッ……ママ、そんなに動いたら、ううッ、で、出る、出ちゃうよぉ……」

紗莉香のいやらしい腰遣いで雁首が幾度も擦られて、瑞希は再び果てそうになっていた。

「いいわよ、だ、出して……ママも、いっぱいいっぱいで、あ、あと少しで、い、イっちゃいそう……お外ではしたなく、アクメしちゃう……あ、あはぁぁーッ！」

乱れ悶えた紗莉香はますます激しく腰を前後させて、暴発寸前の筒先へキュロットの股座を擦りつけてきた。

「お股と瑞希くんのおち×ちんが擦れて、これぇ、よすぎてぇ……んあッ、んああッ、亀さんの硬いところで、ごりごりって、おま×この入り口、擦れて……き、気持ちよくなってしまって……あひ、んひぁ、んっはぁぁーッ！」

屋外でバックスタイルのまま、紗莉香はひたすらに尻を振り乱して、股根で幹竿を扱いてきた。

太腿の極上の弾力を孕《はら》んだキュロット生地は、柔らかさとなめらかさを兼ね備えていて、雄槍が行き来するたびに下腹部から脳天まで甘美な電流が走った。

瑞希はケダモノのようにピストンを繰り返して、つるつるした素股のフェティッシュな歓喜を貪り求めた。

「ぐ、ぐううッ、もうッ、だ、ダメだよ……ママで出しちゃう……」

ぷりっぷりのボンレスハムを彷彿《ほうふつ》とさせる、太腿と恥丘の禁断のトライアングルに包まれながら、瑞希の怒張は強烈な吐精衝動に襲われる。

竿胴の内を押し拡げて、駆けあがってくる精粘液を押しとどめる術《すべ》はなく、夥《おびただ》しい量の子種を射精させられてしまう。

「んうッ、んううぅーッ！」

「あう、あううッ……んううッ……」

精が切っ先からびゅぐびゅぐと噴きだしている間も、紗莉香は艶めかしく双尻を打ち振って、瑞希の白濁を搾りつづけた。

精液と染みだした愛液でぐしょぐしょになったキュロットの股間が、幾度も刀身を扱きたてて、さらに瑞希の雄汁を搾っていく。

「ほら、だ、出して、もっと、いっぱい……ママを瑞希くんで汚して、あ、ああッ……」

紗莉香も瑞希の体液でマーキングされることに興奮しているのか、下腹部をいっそう激しく絡めて、息を乱しながら艶尻をいやらしく振りつづけた。

「ううッ……ママのお尻も太腿も、どろどろにするからね……くう、くうううッ！」

雄叫《おたけ》びとともに幹竿が淫猥に律動して、欲情の塊《かたまり》がさらにびゅくんびゅくんと、立てつづけに撃ちだされるのだった。

素股射精で、紗莉香の下腹部は精汁まみれになってしまう。栗の花にも似た猥雑な匂いが漂い、紗莉香自身も陶然とした表情を見せた。

そうして屹立の挿入をおねだりするかのように、弾力溢れるヒップを瑞希へぐいぐいと押しつけてきた。マシュマロみたいに柔らかな尻塊で責められて、いきりはすぐに力を漲《みなぎ》らせた。

「あんッ……み、瑞希くんのおち×ちん……すごい、また大きくなって……若いのねえ……」

紗莉香は尻を突きだしたまま振り向くと、うっとりとした瞳で、瑞希と荒々しく猛った怒張を見た。

「ねえ、ま、ママにも……瑞希くんをちょうだい……お、おち×ちん、入れてほしいの……」

乳白液にまみれた臀部を揺さぶりながら、紗莉香は熱い吐息を漏らす。

妖しく切れこんだ乗馬キュロットのヒップを瑞希へ高く晒しつつ、彼女自ら腰のあたりに手をかけた。

そのまま紗莉香は腰を艶めかしくグラインドさせながら、ショーツごとキュロットをずり下ろしていく。

抜けるような生白さの丸い尻丘がさらけだされ、ぐっしょりと濡れた秘部が露になった。膣溝はほぐれきって、内側から粘り気のある蜜を溢れさせていて、ショーツとの間に白く濁った糸を幾条も引いていた。

「ママがほしがるなんて……信じられないよ。お外でセックスはダメだって、ママが言ったんだよ……」

「だ、だって……瑞希くんのおち×ちんを、お尻や股にいっぱい擦りつけられてたら、ママ、我慢できなくなっちゃったの……」

紗莉香は自らの体面をかなぐり捨てて秘唇へ指を這わせると、二本指で大胆に膣孔を開いてみせた。

溢れた愛液がドロリと零れて、覗いた膣の朱粘膜は妖しくヒクついて、ペニスを欲しているのは明らかだ。

「ほら、あそこもぐしょ濡れで、瑞希くんをほしがってて……ほら、い、入れて……瑞希くんで、ママをめちゃくちゃにして……」

淫蕩な喘ぎとともに清らかな尻肌が妖しく波打って、瑞希を強烈に誘ってきた。

「わ、わかったよ。でも、その前に……ママのあそこ、もっとじっくり見せてよ……明るいところで見られるなんて、思ってなかったから……」

陽の光の下で開陳された秘所は、美しくもグロテスクで、清楚な佇《たたず》まいの紗莉香のそれとは思えない。だが、それゆえに妖しい魅力が際立ち、瑞希を強く惹きつけた。

瑞希が顔をゆっくりと近づけると、熱気や蒸れた匂いがむわんと漂ってきた。そのまま瑞希は舌を突きだして秘溝を舐め、その内奥に溢れた蜜を啜った。

「あひ、あふぅぅ……み、瑞希くん、そんな顔を近づけて、な、舐めないで……あ、ああ、恥ずかしい……お外であそこを舐められるなんて、い、いや、いやぁぁ……」

紗莉香はぶんぶんと顔を左右に振って、恥ずかしさに全身を震わせた。

そのまま腰を引こうとした紗莉香の動きを阻みながら、顔をさらに埋めて彼女の花弁の匂いを肺いっぱいに堪能した。

かすかに饐《す》えた酪臭に、ほのかな甘みが混じって、そのかぐわしさに夢中になってしまう。そのまま鼻先を埋めて、溢れる蜜をじゅるると啜り飲む。

「んう、んむうッ……これがママの香り、ママの味なんだね……僕もこんないやらしいところから、生まれてきたんだ……」

「あふ、んふぅぅ……瑞希くん……やめて……は、恥ずかしい……ママのおツユ、飲まないでぇ……」

羞恥に悶える紗莉香の声など耳に入らず、瑞希は執拗《しつよう》にクンニを繰りかえして、紗莉香の味を堪能した。

そうして瑞希が顔をあげると、紗莉香は完全に発情しきっていて、息を乱しながら蕩けきった瞳を瑞希へ向けた。

「……あ、あふぅ、じ、じらさないで……瑞希くぅん……お願い……お願いだからぁ……ママにして、瑞希くんのおち×ちんで、セックスぅ、セックスしてぇ……」

むっちりと盛りあがった双臀を情欲の赴《おもむ》くままに激しく揺さぶりながら、紗莉香は膣ハメのおねだりをする。

「お外でも、誰かに見られてもかまわないから……ママのおま×こにズボズボって、な、生ハメして……」

メスの欲望に支配されて、いつもの貞淑な紗莉香の姿はそこにはなかった。

紗莉香の痴態に昂りを覚えて、瑞希は屹立をさらに硬くした。

「わかったよ……ごめんね、ママ、待たせちゃって……」

瑞希は下腹を叩かんばかりにそり返った逸物を、紗莉香の膣口へあてがう。

「じゃあ、いくね。ママをもらうよ……」

そのまま、ずぶぶと雁首を挿入していく。

ほぐれきった蜜孔は、以前の処女セックスのときとは違って、すんなりと雄根を受け入れる。

張ったエラに拡張された秘筒は妖しく蠢いて、瑞希の亀頭をさらに奥へ引きこんできた。抗《あらが》おうにも、膣粘膜がねっとりと怒張の括れに絡みついて、引き戻せない。

「う、うう……ママのおま×こ、ど、どんどんエロくなってるよ……んんッ……」

瑞希は折り重なった膣ヒダを掻き分けて、切っ先を膣底へ潜りこませた。

「……あはぁ、あふぁぁ……瑞希くんのぶっといおち×ちん、一番、奥に来て……おま×この中、瑞希くんでいっぱいで、素敵……」

「僕も、ママの中、すごく気持ちいいよ。じっとしてても、四方八方から吸いついてきて、温かくて、優しくて、やっぱりママのおま×こは最高だね……」

二人はしばらく繋がったまま、感慨に浸った。

そうして瑞希のほうから、紗莉香の中をほぐすようにゆっくりと腰を遣いはじめた。幹竿を小刻みに動かして、ぐちゅぐちゅと蜜壺を攪拌《かくはん》しながら、ねっとりと絡みつくママの味を貪りつづけた。

「くうッ、くううッ……ママの中、いいよ。こんなにほぐれて、ゆるゆるのおま×こなのに、おち×ちんに吸いついてきて、なんていやらしいんだ……二回目のセックスとは思えないぐらい、卑猥なおま×こだね……」

「そ、そんな、言わないで……こんないやらしいママじゃダメなのに……でも、身体が瑞希くんをほしがって、ああッ、もうどうにもならないの……」

紗莉香も性欲のままに腰を打ち振って、瑞希の雄棒を求めつづけた。下腹部同士が軽快な音を立ててぶつかり、結合部からは淫液がとめどなく溢れて、紗莉香の生白い内腿を濡らした。

「あふ、あふぅぅ……お外で立ったまま、後ろからされちゃうなんて、本当に動物みたいで、は、恥ずかしいけど……でも、腰、止まらないの……んう、んふぅ……」

「んうッ、ケダモノみたいに乱れるママ、たまらなくいいよ……こういうセックス、本当は好きなんだよね、ん、んんッ……」

「ち、違うの……ママはそんなふしだらな女じゃないのに、あふ、あはぁぁーッ！」

激しい突きこみに、紗莉香は顎を大きく反らして性欲剝きだしの声を出す。

脱ぎかけた乗馬キュロットを太腿の半ばで止めながら、紗莉香は淫らに腰を前後させて、バックから犯されつづけた。

「あひぃ、あはぁ……あーッ！　いい、いいのぉ、ママのおま×こ、瑞希くんに、くちゃ混ぜにされてぇ、トロトロに蕩けさせられひゃって……せ、セックス、よすぎてッ、何にも考えられないッ、んあッ、んあーッ!!」

ずぶぶと雄槍が突きこまれ、勢いよく引き抜かれるたびに、淫らなメスの声をあげて、獣欲のままに高らかな嬌声をあげつづけた。

「ママ、もっと気持ちよくしてあげる……だから、ママのエッチな声、もっと聞かせてよ、んう、んううッ！」

瑞希は紗莉香の腰をしっかりと摑んで、腰を大きく抜き挿しする。雁首を膣から抜ける寸前まで引き抜き、そのまま凄まじい勢いで膣底まで打ちこんだ。

硬く尖った槍先が子宮口を割り開かんばかりに押しこまれて、そのたびにあられもない痴声が喉奥から押しだされた。

「ひぐ、ひぐぎぃぃ……ひぎぃぃッ……瑞希くんのおち×ちんが、おま×この底にぃ、当たってぇぇ、響く、響くぅぅ……赤ちゃんのお部屋まで、めちゃくちゃに響いてしまってぇぇ……ママ、頭、真っ白なのぉ、あぁッ、あぁぁーッ！　あはぁあぁぁ――ッ!!」

紗莉香は立っているのがやっとで、瑞希のピストンが膣底を抉り子宮を震わせるたびに、背すじをピンと反らせて足を強張《こわば》らせながら悶えつづけた。

同時に紗莉香の蜜壺は淫らに収縮して、瑞希の秘竿から精を引き抜こうと、妖しく吸いついてきた。

「くう……うぐぐッ……ママのおま×こ、すごい勢いで絡みついてきて、うう、精液、す、吸ってきて……」

膣洞の凄まじいバキュームに、瑞希は吐精寸前にまで追い詰められる。怒張の暴発を必死で堪えながら、それを緩んだ子宮口へと突きこんだ。

柔らかくほぐれた秘環は切っ先を受けいれて、雁首のエラをキツく締めつけてきた。

「ひうッ、ひぐうぅ……んふぉぉ……み、瑞希くんのおち×ちんッ、奥にぃ、子宮の入り口にぃ、ずぶっれぇ、潜ってきて……」

「うう、このまま動くよッ……んん、んんッ、んうぅッ！」

瑞希は拡がった子宮頸のコリコリした感触を亀頭に感じながら、大きなストロークで抽送を続けた。

子宮にまで届く深い突きこみと、そこから膣口近くまでの引き抜き。その激しいピストンの連続に、紗莉香は交合部から蜜汁を噴きながら、悦楽の高嶺へと押しあげられていく。

「こんな深くまで、ずぽずぽって、セックスされてしまったら、ま、ママ、壊れちゃう……気持ちよすぎて、おち×ちんでおかしくなっひゃぅ——ッ、ふぅ、ふぉッ、ひぐぉッ！　おっふぅぅッ！」

「く、くうッ……ママの奥、す、すごいよ……僕、中にッ、ママの子宮に直接、出しちゃうよッ！」

「あ、ああ、出してッ……ママも、き、気持ちよくなっちゃうから……瑞希くんもいっしょにッ！　んい、んいいぃぃッ、んっあぁぁ――ッ！」

瑞希の刀身が子宮口へ深々と突き刺さり、紗莉香は潜りこんだ屹立を優しく抱くように締めつけた。

「うぐぅぅ、だ、出すねッ……んっうううぅぅ――ッ!!」

「ま、ママもイグ、イグぅぅッ！　ひあ、ひああッ……やはぁあああぁ――ッ!!」

紗莉香は艶尻を妖しく振り乱し、豊かな生太腿をぶるると粟《あわ》立たせつつ、歓喜の高頂に昇りつめた。同時に瑞希は、劣情の塊を連続的に紗莉香へ注ぎいれた。

「……んふ、はふぅぅ……瑞希くんの子種汁ぅ……たくさん子宮に直出しされて、あ、熱くて……お腹の中、溶けちゃううぅぅ……」

「う、うう、ほら……ママ、いっぱい受けとってよ……」

瑞希はゆっくりと腰を遣って、子宮口へピストンを加えながら、滾る粘濁液を吐きだしつづけた。

「……くふ、あふぅぅ……こんなにいっぱい瑞希くんを出されたら……ママ、妊娠しちゃう、んはぁ、あはぁぁ……」

多量の熱汁を子宮に受けて、その熱と刺激に紗莉香は立ちバックのままで、軽くアクメしつづけた。

「ママ、まだイってるんだね。んんッ……僕の精子で気持ちよくなってくれてるんだ……うう、んうう……」

瑞希はゆっくりと腰を前後させながら、紗莉香の子宮へ欲望のマグマをさらに吐きだしつづけた。

「……こんなまだ、出せるの……す、素敵ぃ……んふぉ、ふぉぉ、おほぉ——ッ!!」

夥しい量の白濁斉射を受けながら、紗莉香はケダモノのような呻きを漏らしつつ、法悦の極みへ達した。

——僕の射精で何回もイってるママ、すごくエッチだよ。ちゃんとした大人の女の人なのに、僕のチ×ポでこんなに乱れちゃうんだ……。

精液を流しこまれるたびに、果ててあられもない痴態を晒す紗莉香。その姿に瑞希は興奮し、再びいきりを硬くそり返らせてしまう。

そうして彼女の中にもっと出したい、ありったけの種付液を注いで自分のものにしたいと、強く思うのだった。

第四章　雌犬《ビッチ》になっちゃった貞淑ママ

乗馬クラブで屋外エッチを経験してからというもの、瑞希と紗莉香は顔をあわせるたびに、幾度も激しい性交に耽った。

もちろん求めるのは瑞希からだが、セックスが始まると紗莉香はメスの性欲を剝きだしにして、乱れ悶えた。

そうして身体を重ねるごとに、紗莉香の淫らさは開発されていった。

紗莉香の男好きのする熟れた肢体に、ふだんの清楚さからかけ離れた艶めかしさが加わって、瑞希はますます彼女に夢中になっていくのだった。

そんなある日のこと。紗莉香は瑞希の部屋のキッチンで、シンプルなデザインのエプロンを着けて水仕事をしていた。

それほど広い部屋ではないので、ソファに座った瑞希からは、すぐ近くに紗莉香の後ろ姿が見えた。

むっちりと盛りあがった巨尻は、スカート越しでも手に取るようにわかった。

――ママのお尻、やっぱりすごいや……。

目の前を行ったり来たりする紗莉香の双臀を見ていると、偶然振り返った彼女と視線があった。

「み、瑞希くん……ち、近くで見られると、恥ずかしいわ……」

紗莉香は顔を赤くしつつ、瑞希を責めるように軽く睨《にら》んできた。

「あ、ごめん……」

慌てて瑞希は視線をそらした。そうして瑞希の新たな視界に飛びこんできたのは紗莉香のトートバッグで、開いた口からクマのハンドパペットが顔を覗かせていた。

――いつも持ってるんだ。保育園の仕事で使うって、言ってたもんね。

瑞希は手を伸ばして、カバンから取りだした。

すると、クマの中にあったらしい何かが外へ転がりだす。

――え……あれ……？

床に落ちたそれは、プラスチック製のリモコンのようだ。

「こ、これは？」

瑞希はいぶかしげに思いつつ、それを手に取る。

「あ、だ、ダメ……それは……」

物音に気づいた紗莉香が慌てて制止するが、好奇心に負けた瑞希はリモコンのスイッチを押した。

「んひぃ、んひぃぃぃッ……くふッ、くひぃぃぃ……」

低いバイブレーション音が、紗莉香の股間から響いた。

彼女はスカートの上から股間を押さえながら、歯を食いしばって溢れる嬌声を必死で耐えていた。

「……だ、ダメって言ってるのにッ……んう、んううッ……」

「これって、ママの中の……」

リモコンは、ローターの類のものだろう。それが紗莉香のスカートの中で、暴力的なまでの震えを見せているらしい。

「はふ、はふぅぅ……瑞希くん、と、止めてぇ……それはママの、エッチなオモチャの、ローターのスイッチなの……だから、止めてくれないと……あふ、あくふぅ……ママ、どうにか、なっちゃううぅぅ……」

膝から崩れそうになりながらも、紗莉香はなんとか立った姿勢を維持していた。

下腹部で唸るローターに激しく責められているらしく、紗莉香の美貌は薔薇色に染まり、口許がだらしなく緩んだ。

──ママ……ローターなんて使ってるんだ。知らなかったよ……。

エプロン姿で蕩けきった表情を晒す紗莉香を、瑞希は呆然と見つめてしまっていた。

「あひ、あひぃ、あはぁぁ……瑞希くん、お願い。お願いだから、止めてちょうだい……」

紗莉香の懇願に、瑞希は我に返る。

「あ、うん……止めるよ……」

慌ててリモコンのスイッチを切った。

「……はぁはぁ……た、助かった……」

バイブ音と震えが収まり、紗莉香はシンクに摑まり立ちしながら、小さく足を震わせていた。

「ママ、ローターなんて、いつもつけてるの？」

「え、あ……それは……」

瑞希の質問に、紗莉香はさらに顔を赤らめたまま黙りこんだ。

「答えてくれないと、ローターを動かしちゃうよ。こんなふうに──」

言うなり、瑞希はローターのスイッチを入れた。ぶううううんと、無機質な振動音が響き、紗莉香の下腹部を甘く責めたてた。

「あはぁ、あふ……んうう……うう……だ、ダメぇぇ……」

紗莉香の額からは脂汗が滴り、ローター責めの愉悦に身も心も蕩けさせられているようだ。

「あふぅ、言う、言うからぁ……ママ、い、いつもローターをあそこに入れて、ときどき、自分で慰めちゃってるの……ひぁ、ひぁぁッ……んはぁあぁッ……」

ローターの震えが秘部の鋭敏な箇所を直撃したのか、紗莉香はひときわ大きな嬌声をあげた。

「瑞希くんと、エッチなことしてから……ママの身体、エッチに疼いちゃって……今も、我慢してたのに……はぁ、はぁはぁ……今ので、ママにもスイッチ入っちゃった……あ、ああ……」

股間で震えつづけるローターの悦楽を貪りながら、紗莉香は淫蕩な視線を瑞希へ向けてきた。

「瑞希くん……ほら、今、目盛りが弱《じゃく》よね……だから、その……あふ、あふぅぅ……」

恥じらう紗莉香の口から飛びだした、おねだりを匂わせる言葉に瑞希は息を吞んだ。

――まさか、ローターで責めてほしいの……？

その言葉に驚きながらも、瑞希はなんとか平静を保つ。

紗莉香が目の前で見せる痴態の凄まじさに昂り、心臓がバクバクと激しく鳴った。

――でも、僕もエッチなママを見たい。もっと僕の手で、乱れさせたいよ……。

そうして戸惑い以上に、紗莉香の淫らな姿を見たいという強い思いが勝り、卑猥な指示が自然と口からすべりでた。

「そ、それだけじゃ、わからないよ……弱の目盛りをどうしてほしいの？　ちゃんとわかるように言ってよ……」

「あん、み、瑞希くん……そんな、意地悪言わないで……」

「でも、言いかけたのはママなんだよ。最後まで、ほら、ちゃんと言ってよ……」

紗莉香の様子を見ながら、そう続ける。

少し俯いたままで所在なさげにまばたきすると、紗莉香は潤んだ瞳でさらなるローター責めを求めるように、瑞希をじっと見つめた。

そんな紗莉香の思いを感じた瑞希は、彼女のおねだりを引き出すべく、わざとローターのスイッチを切った。

下腹部で停止したローターに、紗莉香は明らかに戸惑いを覚えていた。

「あ……ダメ、と、止めないで……そんな……あふ、はふぅぅ……」

「じゃあ、どうしてほしいの？　ママは大人なんだから、ちゃんと口で言わないと、ローターはお預けだよ……」

瑞希の言葉に観念したかのように、紗莉香は口を開いた。

「わ……わかったわ……ママ……正直になる。そ、その……もっと、ローターで責めてほしいの。ねぇ、あそこに入れたローターを、ぶるぶるして……」

一度、口を開いてしまったが最後、紗莉香は溢れだす性欲のままに言葉を紡いだ。

「お、お願いよ……ママ、もう我慢できなくて、このままだと、おかしくなってしまうから……」

紗莉香は下腹部を妖しく揺さぶりながら、艶めかしい声でおねだりを続けた。

「本当に、ローターでぶるぶるしてほしいんだ……ママがそんな浅ましいおねだりをするなんて、信じられないよ……」

そう口にして、瑞希は嗜虐《しぎゃく》的な悦びを覚えてしまっていた。大切な紗莉香を責めたいという誘惑が、抑えられなくなっていた。

「……あ、で、でも……ママ……………ううッ……」

瑞希になじられて、紗莉香はただでさえ赤く染まった顔を、ますます紅潮させた。

「でも、素直に言えたママに、ご褒美をあげないとね……そらッ！」

瑞希はローターを、強《きょう》で作動させてやる。いきなり震えだした股間の淫具に紗莉香は激しく悶えて、そこからもたらされる愉悦を受け止めるので精一杯みたいだ。

「あひ、くひぃッ……んいい、あふ、くうぅ……いい、いいッ、いいのッ、気持ちいいッ、ローター、気持ちいいのぉッ……んあ、んあああ、あはぁ、ああーッ!!」

獣のように吠え声をあげて、ローター責めに乱れる紗莉香を間近で見つめながら、瑞希は自身のいきりを最大限に勃起させてしまっていた。

——ああ、ママのエッチな姿、最高だよ……。

ズボンの下に隠れた屹立の先からカウパーを滲ませつつ、その切っ先を痛いほど硬く張りつめさせるのだった。

一方、紗莉香は下腹部に咥えこんだローターに責め苛まれて、瑞希の前ですべてをさらけだして、情欲のままに乱れ悶えた。

低い振動音とともに、背骨が溶けてなくなるほどの歓喜が幾度も背すじを駆け昇り、脳内で弾けた。

身体の芯が悦楽の波に洗われて、形がなくなってしまうほど甘く、心地よく蕩けさせられてしまっていた。

やがて立っていることもできず、紗莉香は膝から崩れて、そのままフローリングにへたりこんでしまう。

「……あ、ああ……ローター、す、すごい、すごいぃぃ……」

下腹部で暴れる振動を貪りながら、蕩けきった視線を瑞希へ向ける。

彼は熱い眼差しで、紗莉香の痴態を見つめていた。その視線に晒されて、紗莉香は羞恥とそれ以上の悦びを覚えてしまっていた。

――瑞希くん、あんなに真剣に見つめてきて……こ、こんなママじゃ、ゲンメツしてしまうわよね……。

そうして瑞希の股間へ、ふと目が向く。彼の逸物は隆々とそり返っていて、ズボン越しでも剛槍の形やそり返りが、はっきりとわかった。

――瑞希くんったら……ママを見て、あそこをおっきくしてくれて、うれしい……。

瑞希の勃起ぶりに膣壺が甘く疼き、内奥からさらに蜜がとぷりと溢れた。

――何度見ても、瑞希くんのおち×ちん、立派よね……また、ほしい。瑞希くんで、ママを貫いてほしいの……。

紗莉香は胸の妖しいざわめきを押しとどめることができず、視線を瑞希の股間へ集中的に注いでしまう。

瑞希自身も欲望を剝きだしにした視線を、紗莉香へ向けてきた。

いつもなら、そのまま互いに抱きあって、ケダモノのようなセックスが始まる状況だ。

ただ、今回は違っていた。

ローターの甘い振動に、紗莉香の下腹部はとろとろに蕩けさせられていて、いつでも瑞希を受け入れる準備はできていた。

瑞希は紗莉香を焦《じ》らすように、その痴態をじっと視姦するだけで、決して手を出してこない。

「……瑞希くん、どうしたの？　いつもみたいに、ママを抱きしめて、めちゃくちゃにしてくれないの……何もしないままなんて……いや……」

紗莉香は息を荒げて、熱く濡れた双眸で瑞希をじっと見つめた。瑞希はかすかに頬を上気させながらも、手を出してくる気配はない。

「ママ、抱きしめるだけじゃ満足しないよね……してほしいことを、もっとちゃんと僕に教えてよ……」

紗莉香がふしだらな姿を見せるほどに、瑞希の言葉がサディスティックになっていく気がした。

「あふ、はふ、はふぅ……今日の瑞希くん、すごく意地悪……」

つい、そう口にしてしまう。けれど彼に詰問《きつもん》されて、悦びを覚えてしまっているのは紗莉香のほうだ。

下腹部で震えつづけるローターに、紗莉香の身体はますます熱く火照り、瑞希のペニスを欲してしまっていた。身体の芯を貫き脳髄に至る振動は、紗莉香の理性を奪い、溶かしていく。

──も、もう……ダメ、私、我慢できない……。

紗莉香は熱っぽい吐息を漏らしながら、スカートを大胆に捲りあげる。

厚手の黒いタイツに包まれた美脚が大きく晒されて、その股根のローターらしきかすかな膨らみが淫靡に震えていた。

「瑞希くんの、その大きくなったおち×ちんで、ママを気持ちよくして……ママのおま×こ、瑞希くんのオチ×ポで、いやらしく混ぜまぜしてぇ……お願いッ、も、もう限界なの……あふ、はふぅッ、んふぅぅ……」

そのまま紗莉香はエプロンごとスカートをたくしあげて、立ったまま内腿を卑猥に開き、ローターで震える股間を瑞希へさらけ出した。

——私……瑞希くんの前で、ちゃんとママをしないとダメなのに……こんないやらしく、オチ×ポをおねだりしてしまって……。

紗莉香の浅ましいおねだりのポーズに瑞希も驚いたようで、無言のままじっと視線を注いできた。

——こんな姿を見られて……私、瑞希くんのママ、失格よね。でも、瑞希くんのオチ×ポ、ほしい、ほしいのッ！

自身のはしたない姿にさえ紗莉香は昂り、背徳的な悦びを覚えてしまっていた。蕩けきってオスをほしがるメスの性欲を、自分でも抑えられないでいた。

「もちろん、いいよ……けど、ママのもっと恥ずかしい姿を見たいな。そのまま、スカートもタイツも脱いでよ……」

「わ、わかった……ぬ、脱げばいいのね……」

紗莉香は羞恥を押し殺して、スカートを脱ぎ落とした。そうして黒タイツに手をかけると、ゆっくり脱いでいく。

エプロンが隠すのは前だけで、タイツを脱ぐ後ろ姿はまる見えだ。

大きく盛りあがった双臀が少しずつ姿を見せて、引き締まったタイツ生地は尻丘の頂点をたわませながら、徐々にずり下ろされた。そうしてタイツから解放された尻塊がぶるんと揺れつつ、外へ跳ねだした。

紗莉香は含羞に身悶えしながら、盛りあがった尻たぶと黒いショーツの艶めかしいTバックを、瑞希へ迫りださせた。

「ママの下着、すごくエロくなってる……Tバックなんて、初めて見るよ……」

「だ、だって……瑞希くんが喜ぶと思って……でも……やっぱり、恥ずかしいわ……瑞希くん、じっと見ないで……」

「見るなって言われても、無理だよ。ママの生ストリップ、たまらなくエッチだよね……これからは僕が脱がすんじゃなくて、自分で脱いでもらうのがいいかも……」

「そ、そんな……ああ、自分から脱いで、いやらしくおねだりだなんて……ママ、そんなふしだらな女じゃないのよ……」

瑞希にそう弁解しながらも、彼の舐めるような視線を下腹部に浴びて、ますます感じてしまう。

「本当？　そうは見えないけど……前もローターでびしょびしょなんでしょ？」

「う、うう……」

そう指摘されて、紗莉香は顔から火が出そうだった。蜜壺から溢れたジュースでショーツの中はぐっしょりと濡れて、内腿に雫が滴り落ちていた。

「ほら、エプロンをあげて、ショーツの前も見せて……」

「わ、わかったわ……その代わり早く、お、お願い……」

紗莉香に逆らうという選択肢はなかった。瑞希のほうへ向き直ると、黒タイツを太腿の半ばまでずり下げたまま、エプロンの裾を持ちあげる。

そうして、濡れた黒ショーツの股間を露にした。

――あ、ああ……そんな……ただ脱いでいるところを見られるだけでも恥ずかしいのに、ぐしょぐしょのショーツまで見られてしまって……。

ショーツの股布の奥でローターは震え、蕩けきった膣孔からはとめどなく熱い液が溢れだしていた。

クロッチには淫猥な染みが広がって、滴った液が内腿の広い面に幾条もの淫靡な糸を引いていた。

「ほら、ママ……ショーツも脱いでよ」

「ええ……わ、わかったわ……」

瑞希の指示するままにエプロンの裾を口で咥えると、黒タイツごとショーツを脱いでいく。

黒々と濡れ光った繁みの合間に咥えこまれたピンク色のローターが、卑猥な振動でずるりと滑り落ちて、脱いだショーツのクロッチで受けとめられた。

「あ……あふぅ………」

愛液まみれのローターは秘部から抜け落ちても、別の生き物のようにぶるると震えつづけていた。

「ママ、ぐっしょりだね……想像以上の濡れっぷりだよ……」

瑞希の舐めるような視線が、下腹部を嬲っていく。ローターの形にぽっかりと開ききった秘口の奥を彼に見られて、身体の芯が甘く締めつけられた。

「だ、ダメ……瑞希くん……見られるだけでも恥ずかしいのに、に、匂いまで……んふ、はふぅぅ……」

瑞希は恥じらう紗莉香の下腹部へ顔を近づけると、ラヴィアから漂う甘い匂いを嗅ぎはじめた。

そうして花弁に唇を淫らに押しつけると、そのまま舌先を内側へ潜りこませてきた。

「くふ、んふぅ、そんなところ、汚いから……な、舐めないでぇ、あう、あうう……」

じゅぶじゅぶと瑞希の舌が幾度も出入りし、搔きだされた蜜が彼の口へ運ばれていく。紗莉香はその様を見て、狂おしいほどの昂りを覚えた。

——瑞希くんに、あそこのお汁をたくさん飲まれてしまって……あぁッ、は、恥ずかしい、恥ずかしいけど、感じちゃうぅぅ……。

瑞希はひたむきに紗莉香の下腹部を舐めしゃぶり、ラブジュースを啜りつづけた。

紗莉香は美貌を緩ませたまま、瑞希のクンニに身も心も委《ゆだ》ねてしまっていた。

「はふ、あふぅ……んんッ……ママのおツユ、いっぱい出て、の、飲みきれないよ……」

瑞希は口の端から飲みきれない蜜を零しながら、姫孔から溢れるジュースを嚥下《えんげ》しつづけた。

「んう、んぶうッ……んん、んくッ、んくんく……溢れる愛液の量がすごいのって、ママが感じてくれてる証拠だよね……はふぅッ、ママは恥ずかしいことをされると、感じちゃうんだ……」

さらに舌胴を膣奥へ突きこみながら、瑞希は紗莉香を嬲ってきた。その言葉に図星を指されて、紗莉香は自ら本音をさらけだしてしまう。

「そ、そうよ……感じちゃうの……ママ、瑞希くんに、おま×このお汁を飲まれて、すっごく感じて……あ、ああ、おかしくなっちゃう……あひ、あひぃぃッ！」

激しい舌の出入りに悶えて、秘壺を甘く蕩けさせられながら、愉悦の高みへと昇っていく。

「くひ、くひぃぃ、そこぉ、か、感じるのぉ、ダメぇ、ダメなのに、んひ、んひぁぁッ……らめぇぇーッ、そんなにされたら、ママ、イクぅ……瑞希くんのクンニで、イっひゃうぅぅ……んあ、んああッ……あはぁぁーッ……イグ、イグぅぅ……」

太腿のむっちりと張った柔肉を波打たせつつ、瑞希は感極まった声をあげた。

「んう、んんッ、んむぅぅ……これで、い、イってよッ、んぶッ、んんッ！」

瑞希は窒息しそうなほど秘部へ顔を押しつけて、舌先で膣内のホットスポットを強く擦りたててきた。

「そんな、ママ……い、イカされひゃうぅッ、やはぁッ、やはぁあぁぁ――ッ!!」

膣の腹側の性感帯を集中的に責められて、紗莉香は立ったまま背伸びをするような格好で、歓喜の極みに達した。

そうして緩みきった淫唇からは、ぶしゅぶしゅと多量の潮を噴くのだった。

「あ、あうう……い、いやぁ……そんな、エッチなお汁、止まらないのぉ……いやッ、いやぁぁぁッ!!」

瑞希の顔面に潮を撒《ま》き散らしながら、紗莉香は恥ずかしさで、死んでしまいそうなほどだ。

――そんな……私は仮にもママって呼ばれる立場なのに……き、気持ちよくなりながら、瑞希くんの顔面にお潮をぶっかけしちゃうなんて、ありえないわ……。

紗莉香の全身で羞恥が暴れ狂い、頭は真っ白になってしまっていた。

「と、止まって……エッチな飛沫のお漏らし、止まってぇぇ……あ、ああ、あはぁぁ……」

股部をぶるぶるぶると震わせながら、紗莉香は淫らな潮吹きを続けた。

――瑞希くんに口で、い、イカされひゃったぁ……はひ、んひぃぃ……。

紗莉香はその場にへたりこんでしまうものの、完全に満足したわけではなかった。果てた蜜壺は瑞希のペニスを求めて貪婪《どんらん》に疼いた。

「ね、ねえ、瑞希くん……私、まだオチ×ポ、もらってないわよね……瑞希くんのおっきくなったチ×ポ……ママにちょうだい……ほら、早く……」

紗莉香は何か憑《つ》かれたかのように、瑞希へ手を伸ばしてしがみつく。

「ママ、イったばかりなのに……もう、大丈夫なの？って、ちょ、ちょっと……」

そのまま瑞希は紗莉香に押し倒されて、床に組み敷かれてしまう。

「ご、ごめんなさい、ママ、もう我慢できないの……ケダモノみたいに、がおおって、瑞希くんを犯したくて仕方ないの……はふ、あふぅぅ……」

はしたないとわかっていながらも、瑞希の腰の上に跨がると彼の怒張を引っ張りだした。ズボンの中に窮屈に押しこめられていたそれは、勢いよく飛びだして天を仰ぐ。紗莉香はメスの性欲のままに、そびえ立つ太幹へほぐれた姫割れを擦りつけていく。濡れた唇は艶めかしく歪み、切なげな喘ぎが忙しなく零れた。

上はセーターにエプロン姿だったが、下半身は生まれたままの姿だ。生白い美脚を晒したままで瑞希の腰に馬乗りしてしまっていた。

「ママから僕に跨がってくるなんて……こんなの初めてだね。服を着たままって言うのも、エッチだし……」

「そ、そんなこと言わないで。ママも自分が抑えられなくって……本当はこんな女じゃないのよ……」

言い訳しながらも、紗莉香は自身の半裸姿に昂りを覚えていた。

剝きだしの太腿を震わせつつ、膣溝を雄根へ絡みつかせて、滴る愛液でコーティングしてしまう。

竿胴を縦咥えしたままで淫唇を上下に滑らせ、その摩擦で透明な汁は淫猥な泡立ちを見せていた。

「いいよ……エッチなママも、大好きだ……僕だけに、ビッチなママを見せてよ」

瑞希にそう言われて、紗莉香の欲望に歯止めが利かなくなってしまう。

「じゃあ、み、瑞希くんにだけよ……こんなことするのは……」

紗莉香は腰を浮かせると、切っ先へほぐれきった膣孔をあてがうと、そのまま屹立を呑みこんでいく。

「あふ、あふぅ、あはぁぁ……お、オチ×ポ……瑞希くんのオチ×ポ、中に入ってきて、すっ、すごいぃぃッ……あっはぁぁぁ……」

膣の狭隘がぐいぐいと太幹に押し拡げられる感触にうっとりとしながら、紗莉香は下腹部を瑞希へ密着させて、膣奥まで剛棒を受け入れた。

——オチ×ポ、す、すごい……やっぱり違うの……奥までいっぱい拡がって、満たされてる感じが、ローターと全然違う……。

じっとしているだけでも、秘壺が甘く収縮して瑞希の幹竿を愛してしまう。彼のいきりも紗莉香の膣の動きにあわせてさらに勃起し、膣道を目一杯に拡幅《かくふく》していく。

「瑞希くんのオチ×ポ、中でまた大きくなって……ママのおま×こ、瑞希くんでいっぱいなの……」

「んんッ、じっとしてても、ママが締めつけてくるからね……ほら、このままなんてイヤだよ。ママが上なんだから、ちゃんと動いてよ……」

「わ、わかったわ……恥ずかしいけど、ママ頑張るわね、ん、んふぅ、んうッ」

紗莉香は瑞希の腹へ手のひらをつきながら、ゆっくりと腰を遣いはじめた。膣粘膜と雁首の擦れる粘水音が鳴り響き、幹竿を咥えた膣口から零れた淫水が、彼の下腹部へ滴り落ちていく。

「あふ、はふぅぅ……瑞希くんのオチ×ポ、お、大きくて、硬くてぇ……腰を動かすたびに、奥まで響いて、んい、んいいいッ！」

紗莉香が腰を上下させるたびに、雁首のエラに膣壁を甘く擦られて、脳髄まで官能的な愉悦が駆けあがっていく。

ピストンが加速し、切っ先が深々と膣奥に突き刺さると、法悦の波が子宮まで妖しく揺さぶった。

「だ、ダメぇ……おま×この奥も、手前もッ、ずぼずぼされるの気持ちよくって、腰が勝手に動いちゃうッ……あひ、くひぃッ、んいひぃッ！」

全身に広がっていく歓喜に犯されて、紗莉香はますます激しく腰を打ち振った。

顎を大きくそらして、喉奥から嬌声を迸らせながら、紗莉香はこれ以上ないほど艶めかしく乱れた。

「ママが自分で腰を振って、こんなに乱れるなんて、知らなかった……」

「だって、瑞希くんのオチ×ポが気持ちよすぎて……んあ、んああッ、自分でもどうにも我慢できないのぉ、あーッ！」

「す、すごい……エッチなママ、最高だよ！　んう、んううッ……」

瑞希も興奮を抑えきれず、腰を突きあげながら、高く張った紗莉香の乳房をセーター越しに揉みしだいてきた。

円球形に盛りあがったセーターの胸元に彼の手指が潜りこんできて、むにゅむにゅと揉みこまれた。

「あふ、はうう……そ、そんな、おま×こを突かれながら、揉まれたら……あはああッ！」

セーター生地越しでも胸乳は愛撫に感じて、乳芯は硬くそそり立つ。勃起した乳頭がブラに擦れて、胸乳に幾度も快美の電流が走った。

自分のふっくらと張った乳塊が、セーターの内でいやらしく形を変えている様を想像するだけで、紗莉香は身体の芯にさらなる火照りを覚えてしまっていた。乳先が妖しく濡れて、乳汁が滴るのが自覚できた。

──また、お乳が溢れてしまって……私の身体、どうしてこんなにエッチなの……。

紗莉香の異様な昂りに気づいたのか、瑞希はさらに強く乳房を揉み捏ねてきた。根元から搾るような執拗な揉みこみに、乳先から溢れた母乳がブラやセーターをかすかに濡らした。

――こんなッ、またミルク出て……んう、んふぅ、あうう……瑞希くんに知られちゃったら、はふ、はふぅ……。

紗莉香はブラの内側で溢れる蜜乳を気にしながら、細腰を振りつづけた。

瑞希も紗莉香の動きにあわせて下腹部を打ちつけつつ、同時に柔乳をさらに激しく揉みこんでくる。

指先が乳肉に潜り、幾度も乳腺が刺激された。そのたびに分泌された乳汁が乳袋に溢れて、内から張ってくるのがわかるほどだ。

――それ以上、おっぱいを揉まれたら……中から溢れてきてしまうわ……。

熱い汁が乳頭から滲んで、乳暈を白く濡らしていく。瑞希の手で双乳の形をいやらしく変えられるたびに、乳塊の内に乳汁が溜まっていった

乳首の隆起は、セーターの上からでもはっきりとわかるものになっていた。

「ママの乳首、勃起してるね。ほら、ここだよ……」

「んあ、んああッ……い、言わなくても、わ、わかってるわ……自分の身体のことだ

もの、あん、あんんッ……」

服の上から瑞希の指で摘まれて、快美が胸乳全体に広がっていく。紗莉香の反応に彼は乳房をさらに揉み捏ねて、乳先を弾くように幾度も嬲ってきた。

「あ、あふッ、んふぅぅ……先っぽをコリコリされたら……で、出るぅ……おっぱい、もっといっぱい出ちゃうから、いや、いやぁぁ……んひ、くひッ……」

「母乳が出てるんだ……興奮すると滲むって、前も言ってたよね……ん、んんッ」

瑞希に言われて、紗莉香はしまったと思うが遅かった。彼は鼻息を荒げつつ、セーターの下へ手を滑りこませてきた。

腰を揺さぶりながらも、手はしっかりと柔肉をまさぐって、溢れるミルクの様子をしっかりと確認していた。

「本当だ。知らないうちにおっぱい、べしょべしょだね……」

乳汁に濡れた生乳房をねっとりとまさぐられて、紗莉香は顔から火が出てしまいそうだ。

「あ、あんッ……い、いや……恥ずかしい……」

「ちゃんと見せてよ……ほら……」

セーターが彼の手で強引に引きあげられて、黒レースのあでやかなブラに包まれた爆乳が晒される。捲りあげたセーターは盛りあがった乳棚の上に載ったままで、その大きさが窺い知れた。

「すごい量のお乳だね……黒ブラが濡れて、ドロドロになってる。すごいよ……」

瑞希は夢中になってブラ越しに双爆を揉み捏ねて、乳蜜の溢れる様に興奮していた。

そうして辱《はずかし》められる紗莉香もまた、瑞希の視線や言葉の一つ一つに感じて、激しく乱れた。

──瑞希くんに、おっぱい溢れさせてるところ、また見られてしまって、恥ずかしくて……うう、どうにかなっちゃいそう……。

全身を灼《や》く羞恥の炎に身悶えしながらも、同時に紗莉香は深い悦びを覚えてしまっていた。

ブラをずりあげられて露出したナマ乳を、彼の視線でねっとりと嬲られた。

さらに乳根から乳先にかけてミルクを搾られて、狂おしいほどの快美が背すじを貫き脳内で弾けた。

「や、やぁッ……んひ、んいひぃッ……私、ま、ママなのに……瑞希くんに跨がりながら、お乳搾られひゃって、おっぱいからびゅるびゅるって、母乳のお漏らしをしてしまって……くひ、くひぃんッ……」

瑞希の指が乳脹《ちぶくら》に喰いこみ、双乳の丸みをへしゃげさせるたびに、乳頭からは蜜が溢れた。

滲みだす乳汁を見ながら、紗莉香には恥ずかしさ以上に、もっと見られたい、辱められたいという思いが芽生えてしまっていた。

自らの乳房を生け贄に捧げるように迫りださせつつ、乳嘴からいっそう多量の乳汁を滴らせた。

同時に身体の芯から溢れる淫らな熱に浮かされ、その昂りのままに腰を大きく跳ねさせて、淫らなロデオに興《きょう》じた。

内奥に溜まった蜜汁が結合部から零れて、彼の下腹部をぐっしょりと濡らした。

雁首のエラが膣口をぐちゅぐちゅと掻き混ぜるたびに、新たな愛液が溢れて、メスの淫らな香りが部屋いっぱいに広がっていく。

噎せかえるような淫香に引きずられるようにして、紗莉香はさらに腰を振りたてて、性欲の赴くままに、屹立の愉悦を貪りつづけた。

「あ、ああ、あーッ！　瑞希くん、もっと、もっと激しくッ、オチ×ポをママにちょうだいッ……ママのいやらしいおま×こを、めちゃくちゃにしてぇッ!!」

「わかったよ。僕のチ×ポで、ママをもっといやらしい女に変えてあげるから……んんんッ！」

ミルクまみれの双球が淫靡に震えて、滲んだ乳汁があたりへ散った。

乱れる紗莉香にあわせて、瑞希の怒張も大きく動いて、蜜壺の敏感な箇所を擦りたてていた。

「んひ、んいいッ……そ、そこをッ、いい、いいのぉ、いいのーッ！　あはッ、あはぁぁッ、感じる、感じるぅッ！　ママのおま×この気持ちいいところ、もっとゴリゴリしてぇッ！」

「ここがいいんだね？　じゃあ、浅く掻き混ぜて、いっぱいごりごりしてあげるよ……」

瑞希は腰を小刻みに動かして、紗莉香のGスポットを鋭く抉りつづけた。凄まじい摩擦悦が下腹部を蕩けさせて、快楽電流が幾度も脊髄《せきずい》を貫き脳天で溢れた。

彼の巧みな突きあげで絶頂へ押しあげられながら、紗莉香自身も腰を巧みにグラインドさせて、雄槍の抽送をGスポットで受けとめつづけた。

「あん、あんんッ、そうよッ……おま×このお腹のほうッ、か、感じすぎてぇ……奥もいいけど、ここも感じるッ！　感じひゃううぅッ、ああーッ！」

キツくそり返った剛直は膣の性感帯を集中的に抉って、強烈な摩擦悦の連続で紗莉香を歓喜の果てへ押しあげていく。

「い、イグ、イグぅぅ……ママ、瑞希くんにまた、い、イカされひゃうッ……イカされひゃうぅーッ、いはッ、いはぁぁッ！」

「このまま、イってよ、ママっ……僕も、だ、出すよッ！」

瑞希も切羽詰まった声をあげながら、さらに腰を跳ねさせて、紗莉香の蜜壺を掻き混ぜてきた。

膨らんだ亀頭が幾度も膣の腹側をごりりと擦りたてて、紗莉香を追いこんできた。

「そ、そこぉッ、んひぃ、あひぃんッ……き、気持ちいいところッ、ママのGスポットぉ、ゴリゴリされひゃったら……ら、らめ、らめぇぇ、らめなのぉぉッ！　ママ、い、イクぅ、イクイクイクぅぅッ、イっぐぅぅーッ……」

紗莉香は瑞希の腰に跨がったまま、歓喜の頂へと一気に昇っていく。

「やはぁッ！　やはぁあああぁぁ──ッ!!」

限界まで引き絞った弓のように身体を大きくたわませながら、悦楽の高みへ達したのだった。

「ママ……い、イったんだ……ぼ、僕も、出すよ！　ママに種付けするからねッ……くうううッ！」

瑞希も果てた紗莉香の膣奥で屹立をビクビクと律動させながら、多量の精粘液を吐きだした。

噴きあがった灼熱は紗莉香の膣粘膜を満たし、そのまま子宮まで犯していく。膣ヒダや子宮粘膜にまで白濁液は染みこんで、紗莉香の下腹部を甘く蕩けさせた。

「あふ、あふぁぁ……瑞希くん、だ、出しすぎよ……こんなに出されたら、ママ、また、い、イグ、イグぅぅ、あっあぁ——ッ!!」

紗莉香は多量の中出しを受けて、さらに連続絶頂してしまう。同時に果てた膣からは多量の潮が噴きだして、結合部をぐしょぐしょに濡らした。

「あ、ああ……そんな、ママ……また、お、お漏らししてしまって……瑞希くんの前なのに、うう、恥ずかしい……」

「本当だ、ママのお漏らし、すごいよ……いっぱい出て、本当にエッチだ……」

「言わないで、いや、いやぁぁ……と、止まらないぃぃ……お漏らしぃ、止まらないのぉ……あはぁぁぁ……」

紗莉香は恥ずかしさのあまり、両手で顔を覆う。だが噴きあがった潮がすぐに止まることはなく、しばらく続くのだった。

——はひ、はひぃぃ……瑞希くんの前で、エッチな潮吹きぃぃ、クセになってしまって……き、気持ちいい……。

度重なる潮吹きに、紗莉香は爽快感さえ覚えてしまっていた。

——恥ずかしいのに、やっぱり感じてしまって……私、どうしてしまったの……。

潮吹きで全身を灼かれるような羞恥を感じつつ、同時に自らの被虐的な性癖を強く自覚してしまうのだった。

二人はそれからも激しく身体を重ねて、ぐったりとなるまで交わりつづけた。

そうして、横になったままで、絶頂の気怠《けだる》い余韻に身を任せた。

——私、瑞希くんとのセックスで、どんどん淫らな女に変えられてしまって……。

年上で母親の役割さえ求められているはずなのに、年下の瑞希との性交に溺れて、すっかりメスに堕とされてしまっていた。けれど紗莉香には、それがひどく快く感じられた。

「ママ、今日はすごくエッチだったね……驚いちゃった」

そう瑞希に言われて、紗莉香は恥ずかしさで真っ赤になってしまう。

「そ、その、ごめんなさい……ママ、あんなに乱れてしまって……」

先ほどのケダモノのような交わりを思いだして、紗莉香はまともに瑞希の顔を見れなくなってしまう。

「謝ることないよ……僕だけが知ってる、いやらしいママなんだよね。そんなママを見せてもらえて、うれしいよ……」

「そ、そうかしら……でも、ママ、瑞希くんにいっぱい責められて悦んでしまって……変態みたいで、恥ずかしいわ……」

「そういうの、マゾって言うんだよね？　ママはマゾなんだね……」

耳許で瑞希にそう告げられて、紗莉香はドキリとしてしまう。驚きで一瞬、心臓が鼓動を止めてしまいそうだった。

「あ、そんなこと、言わないで……」

「恥ずかしがらなくても……いやらしくて、マゾなママ、最高だよ……」

瑞希は紗莉香のマゾ性癖さえ受け入れて、優しく抱きしめてくれた。子供っぽいと思っていた彼の腕が逞しく感じられて、紗莉香はそのまま身を委ねた。

「……瑞希くん、好きよ。大好き……」

「僕もだよ、ママ……」

見つめあったまま互いの唇はゆっくりと距離を縮め、そのまま幾度も熱いキスが繰りかえされた。

そうして二人の甘い睦《むつ》みあいは、夜更けまで続いたのだった。

＊

翌朝、朝食をいっしょに済ませてから、二人は外へ出た。

「ごちそうさま、ママのお味噌汁、美味しかった。朝はいつもパンだけだったから、ご飯にお味噌汁もいいよね」

「ふふ、あれでよかったかしら？　時間もなかったし、さっと作ったから」

二人で話しながら、アパートの駐車場を抜けて前の道路へ出た。

「うん、本当に美味しかったよ」

「んふふ、気に入ってもらえてうれしい」

紗莉香は褒められてうれしくなって、瑞希にぎゅっと抱きついた。そんな紗莉香を瑞希は強く抱きかえしてくれた。

ふいに昨日の淫らな交わりが思いだされて、トクンと心臓が鳴った。

互いの視線が自然に絡みあう。どちらからともなく唇を近づけ、しばし甘いキスに浸った。

そうして唇を離したとき、紗莉香はこちらを見る視線に気づいた。

「あら……」

そこにいたのは、先日の観光地で出くわした瑞希の同級生だ。

瑞希も彼に気づいたのか、驚いた様子でそちらを向く。

「や、八島……」

「あ、この間の……ど、どうも、おはようございます」

紗莉香も慌てて挨拶する。挨拶された彼は固まったままで、その驚きぶりからキスはしっかり見られたようだ。

「……その、は、母親とキスって……」

ややあって、そう反応した八島に紗莉香は何も言えず黙ってしまう。

——困ったわね、レンタル義母だなんて私からは言えないし、母親とキスっていうのも変よね……どう答えたらいいのかしら……。

紗莉香が救いを求めてちらりと瑞希を見ると、彼は意を決したように八島を見た。

「いいだろ、別に。ママは、僕の恋人なんだから！」

瑞希は八島の前で、はっきりとそう宣言した。

「え……み、瑞希くん………」

「な、なな……何言ってるんだよ!?」

驚く紗莉香と八島を置いて、瑞希はすたすたと歩きだした。

「それじゃ、ママ……またあとでね」

「え、ええ……」

紗莉香はあっけに取られて、彼の後ろ姿を見送る。

「ちょ、ちょっと待てよ、北見！　あ、それじゃ、失礼します……」

八島はちょこんと紗莉香に頭を下げると、瑞希の後ろを追いかけた。

――瑞希くん……こ、恋人って、お友だちの前で言ってくれた……私のこと、恋人って……。

紗莉香は二人の遠ざかる姿を見送りながら、胸中にじんわりと広がっていく喜びを、しみじみと噛みしめるのだった。

第五章　感涙ヌルヌル肛虐アクメ

数日後、バイト先のカフェにて。

瑞希は店舗のバックヤードで、八島に問い詰められていた。

「なあ、あの人って、お前の何なんだ？　母親じゃなさそうだし……」

「だから、母親じゃなくて、恋人だから」

「こ、恋人って……先月こっちに来たばかりで、あんな年上の美人と、どうやって知り合うんだよ？　同級生ならまだしも……」

「う……そうだよね？　話したくないんなら、いいけどさ……」

「いや、隠すことじゃないし。実は――」

瑞希は観念して、レンタル義母のことを正直に話した。

「……なるほどね。どうりで、あんな美人なお姉様と知りあえたわけだ……」

八島は少し黙ったまま、何かを考えているみたいだが、ややあって口を開いた。

「だから、レンタル義母の費用のこともあって、それでいっぱいバイトいれてるのか。それにあんな大人相手のデートだと、お金もかかるだろうし……長つづきするのかよ、それ……」

「そう言われちゃうと、何も言い返せないんだけど……」

痛いところを突かれて、瑞希はぐうの音《ね》も出ない。確かに一回り以上も年上の紗莉香と、自分の釣りあいが取れているとは思えなかった。

「今日のシフトも、閉店まで入れてるんだろ？ 学生なのに、あんな大人とつきあうなんて、背伸びしすぎだろ……高嶺の花ってヤツじゃないのか？」

「そ、そうかな……？」

「確かに、あの色気。ぐっとくるのはわかるけど……ほどほどにしろよ……」

そう言い残すと、八島は店の奥へ消えたのだった。

――高嶺の花って、ママが？ そんなことないよね。だって、ママは僕にあんなエッチな姿を晒してくれてるんだもの……。

瑞希は自分にそう言い聞かせるものの、年の差や立場の違いなどを思うと、不安を完全に打ち消すことは難しかった。

＊

身体を重ねるごとに、瑞希と紗莉香の行為はますます淫らになっていった。紗莉香は瑞希に自分のマゾ性癖を隠すことなく大胆に晒してくれて、瑞希も彼女の望むままに責め辱めた。

彼女が被虐的な悦びに目覚め、美しく淫らになるに従って、瑞希も紗莉香に夢中になっていった。そうして行為の間は支配的に振る舞うことにも慣れて、彼女の求めるままに、サディスティックな責めもできるようになっていった。

ただ紗莉香との淫らで幸福な時間と引き替えにして、彼女とつきあうことでの金銭的な負担が、瑞希に重くのしかかった。

瑞希の貯金は目減りし、その分を夜遅くまでのバイトで補《おぎな》った。

紗莉香もそのことは、わかっていたのだろう。最近は夜遅く会うことが多くなっていて、よく彼女に心配された。

そのたびに瑞希は「大丈夫だよ」と笑って返した。

弱音を吐いてしまえば、紗莉香が自分にとって不釣りあいだと認めてしまうような気がしたからだ。

今夜もホテルの一室に入ってから、いつもどおりのそんなやり取りがあった。

瑞希は紗莉香の心配を受け流すと、スーツ姿の彼女をじっと見た。

「それよりも、今日はあれを一日中、着たままでいてくれたの？」

「え、ええ……もちろんよ……」

紗莉香は頬を朱に染めながら、自らスーツのジャケットとタイトスカートを脱ぐ。

そうして何の躊躇もなくストッキングをずり下ろして、生の美脚を大胆に晒した。

「瑞希くんの指示だもの……ま、ママ、ちゃんと守ったわ。だから、ご褒美をちょうだい……」

頬を朱に染め、瞳を熱く潤ませたまま、紗莉香はねだるように瑞希を見た。

上には薄水色のブラウスを着たままで、その裾から突きだした二本の生太腿の、雪のような白さが眩しかった。

「ほら、ブラウスもあげて、ちゃんと見せてよ……」

瑞希は内心のドキドキを押し殺しながら、紗莉香に指示した。彼女は羞恥に下肢を震わせながら股間を隠していた手をどけると、ブラウスの裾を捲りあげた。

下腹部を覆ったボンデージスーツの黒レザーの艶光りと、上に着たままの空色の涼やかなブラウスとのコントラストが、ひどく艶めかしい。

「ママ、一日中、そんないやらしい格好をしてたんだね……周りの人が気づいたら、どう思うかな？」

「だ、大丈夫よ……誰にも、気づかれてないと思うから……」

「でも、気づかれるかもってドキドキしながら一日を過ごしたんだよね？」

「あんッ、い、意地悪ね……」

紗莉香は内腿をもじもじと擦りあわせながら、熱い吐息を漏らした。

「ママ、ここはどうなってるの？」

瑞希は紗莉香の股間へ手を這わせて、ボンデージスーツの股根から鼠径部《そけいぶ》にかけてを、ねっとりとまさぐっていく。

指先に柔らかく絡む黒レザーの肌触りが心地よく、その下の女体の熟れぶりを想像すると、股間に熱い漲りを覚えた。

「あ、あふ、んふぅぅ……そんなこと、言わせないで……」

指遣いを加速させると紗莉香は恥部を震わせてつつ、顔を赤くしたまま脇を向いた。

彼女の淫らな反応は、スーツの下の濡れ具合を示しているようで、瑞希の淫らな気持ちは強く掻きたてられた。

「言えないのなら、確認してあげるよ……」

彼女をベッドの上へ座らせるとM字開脚の姿勢を取らせて、ボンデージスーツの股間に付いたチャックを指先でそっとなぞっていく。それだけで紗莉香は、下腹部をビクんと軽く跳ねさせた。瑞希は股間のチャックの金具をそっと摘まむと、それを少しずつ開いていく。

「そんな、やめて……ひ、開かないで……あ、ああ……」

羞恥のためか、紗莉香の制止の声はかすれ気味で、かすかな金属の摩擦音とともに蒸れた秘部が露になった。

「ママのおま×こ、見せてもらうね……」

開いたスーツの股を指先で大きく拡げると、噎せかえるような濃厚なメスの芳香が漂い、瑞希のオスを激しく煽ってきた。

汗の甘酸っぱい香りに混じり、膣内の饐えた酪臭が鼻腔をくすぐってくる。

「ママのあそこ、すごくいやらしい匂いがして……本当に一日中、着てくれてたんだね。うれしいよ……」

紗莉香の淫唇はぐっしょりと濡れて、恥丘も叢《くさむら》もふやけきっていて、そのいやらしさを強調していた。

「だって、瑞希くんのお願いだもの……ママ、瑞希くんの言うことなら、何でも聞いちゃうわ……」

「お願いじゃなくて、命令なら、どうなの？　ねえ、教えてよ……」

瑞希は紗莉香の耳許で囁きながら、指先で膣を優しくまさぐっていく。指先がくちゅくちゅと淫靡な音を立てて躍るたびに、彼女は淫らな鳴き声を奏でた。

「も、もちろんよ……命令でも、聞くわ……だ、だってママだもの……あふ、あふぅ……」

指先で重なったヒダを拡げると、濡れた淫包とその奥の膨らんだクリトリスが、艶めかしく顔を覗かせた。

あでやかに咲いた桜色の秘部からは蜜が零れて、幾重にも重なった朱ヒダがヒクヒクと妖しく震えていた。

「じゃあ、このままじっとしててね。ママの味見をするから……」

紗莉香の股間に顔を埋めると、肺を彼女の香りで満たす。

そのまま尖らせた舌で姫孔を押し拡げつつ、溢れる蜜をじゅるるるると、音を立てて啜り飲んだ。

「い、いやぁ……そんな、お、音を立てて飲まないで……恥ずかしい……あう、あうう……」

「いいじゃない……蒸れたママのおま×こ、いつもの綺麗なおま×こと違って、ケダモノそのもので、すごく興奮するよ……んじゅる、ぢゅるッ、んぢるぅ、ぢぅぅッ」

自らの股間で響く啜り音に反応して、紗莉香は羞恥のあまり、柔肌を小刻みに震わせた。

彼女の反応に瑞希は昂り、その熟れた膣へ舌を潜りこませる。

そうして膣ヒダを押し拡げつつ、舌先で膣粘膜を削るようにねっとりと刺激しつづけた。

「はひ、はひぅ……舌が奥に、あ、ああ……今日は、き、汚いから……そんなママを味わわないで……あふ、あふぅ……」

内奥から溢れつづける蜜を舌で掻きだして、そのまま嚥下した。内奥で溜まったラブジュースのとろみとほのかな発酵臭が、瑞希を満足させた。

じゅぶじゅぶと舌根を大きく出入りさせて、膣口をほぐしていく。クンニで緩んだ蜜孔は妖しく蠢いて、瑞希の舌に絡み吸いついてきた。

「んう、んうう……ママのおま×こ、すごいよ。以前とはくらべものにならないぐらい、エッチに反応してるよ……」

「だ、だって……瑞希くんに、おま×こ舐められて……は、恥ずかしいのに、感じちゃうの……あふ、はふぅ……」

紗莉香は瑞希の顔に股座を押しつけながら、はしたなく喘ぎ声をあげた。膣奥からはとめどなく蜜汁が溢れて、瑞希の顔をどろどろにしてしまう。

瑞希は口の脇にべっとりとついた紗莉香のおツユを手で拭うと、意地悪な笑みを浮かべた。

「ママ、ウソはダメだよ……恥ずかしいのに、感じるんじゃないよね？」

「え、な、何を言って……」

「ママは、恥ずかしいのが、感じちゃうんだよね。だって、ママはマゾだもの。前にそう言ってたもんね……」

「……う、うう。そうよ、あ、ああッ……ママはマゾなの……だから、今日もいっぱい虐《いじ》めて、恥ずかしくして、感じさせてぇッ！」

股間を舐めしゃぶられながら鋭く追求されて、紗莉香は大きな声で自らをマゾだと宣言した。

「ちゃんとマゾだって言えるなんて、エラいよママ。ビッチで、マゾで、本当にどうしようもないママ、大好きだよ……んちゅぶ、じゅる、ぢゅるるぅ……」

瑞希は紗莉香の恥部を責めて、その蜜を満足するまで啜り飲んだ。

そうして顔をあげると、紗莉香のブラウスのボタンを外していく。

ボンデージスーツに締めつけられた美しい柔腰のラインと、そこから搾りだされたたわわな爆乳塊が、生の姿で大胆に晒された。

黒レザーのボンデージスーツは、紗莉香の抜けるように白い肌を妖しく引き立てて、ゆで卵のようなプリプリ感と、もっちりとした熟れっぷりを強調していた。

露出したメロン大の双塊の乳嘴は卑猥に勃起して、先端からかすかに淫乳を滲ませていた。

紗莉香は両手で乳房をぎゅっと寄せながら、切なげに瑞希へ差しだしてくる。豊乳が縦長へと淫らにへしゃげて、濃厚な蜜乳がどぷどぷと乳腺から溢れだした。

「んっ、んんふ、くふぅぅ……瑞希くん……はい、お、おっぱいよ……どうぞ……」

「ママ、自分から、おっぱいを差しだして、僕に飲ませてくれるんだね……」

「だ、だって……ママだから、瑞希くんにいっぱい、ミルク飲んでほしいの……ああ、お願い、早く飲んで……ママ、昂っちゃって、お胸が張って、切ないの……」

発情しきった顔で、紗莉香は上体をビクビクと戦慄かせる。

砲弾形に突きだした乳峰が、添えられた手で淫らに形を変えるたびに母乳が滴って、いくつもの筋が乳半球を彩った。

「お乳を飲ませたがるママ、すごくエッチだ。じゃあ、もらうね……」

瑞希は乳汁まみれになった双乳へ手を伸ばすと、そこへ舌を這わせて、妖美な丸みを帯びた巨峰の裾《お》から頂へかけて、円を描くように舐めしゃぶっていく。

「んれろ、れるれろぉ……あふ、はふぅぅ、ママのおっぱい、たまらなくそそるよ。柔らかくて、甘くて、あふぅ……それに、恥ずかしがってくれるしね」

「だ、だって……瑞希くん、もう大人なのよ……やっぱりママ、恥ずかしいわ……赤ちゃんにお乳をあげてるのと違って、瑞希くんの男の子を意識しちゃうのよ……」

ただ勃起した乳頭にだけは触れず、その焦らしに紗莉香はいっそう艶っぽい声を出した。

「あ、だ、ダメ……先っぽも、ママのち、乳首も舐めて……ちゅぱちゅぱって、強く吸ってぇ……瑞希くんにいっぱい授乳して、ママも気持ちよくなりたいの……」

紗莉香は瑞希の鼻先へ、乳まみれの爆乳をぐいぐいと押しつけてきた。

「んぶ、んうう……そんなに激しくしなくても、大丈夫だよ。ママのおっぱい、たくさんもらうから、んちゅぅ、ちゅぶ、ちゅばッ……ちゅぶちゅばッ、んちゅばッ……あふぅ……」

彼女のおねだりに応えて瑞希はその乳首に吸いつくと、溢れだすミルクを口に含み、ほのかな味わいを堪能した。

——ママのおっぱい、たまらないよ。飲むほどにいっぱい溢れてきて、いやらしいママのお乳の味、まずますクセになっちゃう。

甘い蜜乳の味に幸せな気持ちになりながら、膨乳の根元をむにゅむにゅと揉みしだいて、乳房に溜まった生乳を搾りつづけた。

「んふ、んうう……瑞希くんに、おっぱいあげられて、あ、あふ、はふぅ……ママ、幸せ……お乳が搾られるたびに、か、感じて……くふ、んふぅぅ……き、気持ちよくって、変な声、で、出ちゃううぅ、あ、ああ、あはぁーッ！」

双乳から濃厚なシロップを溢れさせながら、紗莉香は搾乳される愉悦に妖しく悶えつづける。

瑞希が舌の上で乳頭を転がすたびに、それはますます硬く屹立し、多量の甘露を溢れださせた。

「あふ、あふぅぅ……熱いお汁が、いっぱいお胸の中で溢れて、す、すごいぃぃ……瑞希くんに吸われて、感じさせられて、どんどん母乳が出てきちゃってるわ……くひ、んひぃ……んふう、んっふぅぅーッ！」

柔乳が瑞々しいゼリー塊のように口許でぶるると震えて、さらに多量の乳汁が口腔内へ注ぎこまれた。

「んい、んいい……の、飲んで……ママのミルク、いっぱい瑞希くんに飲んでほしいの……んぁ、んはぁぁ……」

「いいよ……ママのおっぱい、いくらでも飲ませてよッ……ぢゅる、ぢゅるるぅ、んぢゅッ、ぢううぅッ……んじゅるッ……」

舌先に広がる、紗莉香の濃厚な生乳の味に脳髄まで甘く蕩けさせられながら、瑞希はひたむきに乳首を吸って、さらに湧きだす蜜水を嚥下しつづけた。

暴力的なまでに盛りあがった豊乳を白くコーティングした蜜は、ボンデージスーツのベルトで妖しく締めつけられた腹部へと滴り落ちていく。

しっとりとした黒レザーの生地や、いくつものベルト金具を、零れた乳汁が白く染めあげていった。

優しいお乳の香りがあたりに充満し、そこへ柑橘類を思わせるほのかな汗の匂いが、アクセントをつけるように鼻腔をくすぐってきた。

瑞希は紗莉香の双爆をこころゆくまで揉み捏ねて、溢れる乳蜜を啜り飲む。

そうして紗莉香に身も心も委ねて、その母性に耽溺した。

欲望のままに彼女を貪っているうちに屹立は勃起して、雄々しいそり返りを見せていた。

無意識のうちに、股間で張ったテントが幾度も紗莉香の下腹部に擦りつけられていて、その熱と硬さに紗莉香はたまらなくなったのだろう。

紗莉香自身も息を妖しく乱しながら、自ら腰を瑞希へ擦りつけてきた。

蕩けきった喘ぎが口から切れ切れに漏れて、慈愛に満ちた母の顔から、オスを求めるメスの顔へと変わっていた。

ズボン越しに這い回っていた手指がチャックにかかったかと思うと、秘竿が大胆に取りだされてしまう。

「だ、ダメ……もう、耐えられない。このままなんて、いや……瑞希くんのオチ×ポがほしいの……」

紗莉香は剛直を艶っぽい細指で直接扱きたてて、浅ましくおねだりした。

「み、瑞希くんのお、オチ×ポ……ガチガチで、すごい……これ、このオチ×ポ……ママの中に入れて……いやらしいおま×こを、ぐちゅ混ぜにしてぇ……」

プレイが始まると紗莉香は従順なメスになって、性欲をさらけだす。

そうして瑞希もふだんとは違い、淫らな紗莉香を受けいれながらも、嗜虐味たっぷりに彼女を責めた。

「あふぅ……また、おねだりなの、ママ……」

瑞希が乳房から口を離すと、口許から乳先まで白い糸がすっと引いて、宙空に消えた。

「仮にも僕のママなんだよ。なのに……チ×ポのおねだりなんて、ママとしての自覚がないよね……」

おねだりする紗莉香を責めながら、瑞希は彼女の身体をベッドへ押し倒し、剥きだしの生太腿を大きく割り開かせた。

「……あ、あふ……入れてくれるの……？」

「ママがちゃんと、自分のビッチぶりを謝罪して、認めたらね……」

「そ、そんな……い、言わないとダメなの……」

「もちろんだよ……んッ……」

瑞希の雄々しく反った怒張の先からはカウパーが溢れ、膨らんだ雁首が雫で淫靡に濡れていた。それを、紗莉香のボンデージスーツの股間へあてがった。

「あ、ああ……焦らさないで、瑞希くんの意地悪……」

「僕は意地悪でもかまわないけど……ママが素直にならないなら、奥に入れるのはお預けだね。ん、んんッ……」

　膣口を浅く掻き混ぜながら、彼女を責めつづけた。

「ね、なんとか言ってよ、ママ……」

「くふ、んふぅぅ……こんな中途半端な状態なんて、いや、いやぁぁ……」

　瑞希の言葉一つ一つに、そして軽く挿入されたペニスに、紗莉香が興奮しているのが、ラブジュースの溢れる様子からよくわかった。

　──責められて興奮してるんだ、ママ。こんなにマゾだったなんて、信じられないよ……。

　瑞希は屹立をますます硬くさせた剛直で、瑞希の秘所を焦らすように、浅くゆっくりと刺激しつづけた。

「ほら、悪いことをしたら、ちゃんと謝らないとダメだよね……ママなのに、チ×ポをほしがるビッチなんだから、ちゃんと謝罪しないと……」

「うう、わかったわ……言う、言うからぁ……ごめんなさい……私、ママだけど……どうしようもないビッチで、ま、マゾなのッ……だから、瑞希くんのオチ×ポっ、ちょうだい！　ぶっといデカマラで、めちゃくちゃに突いて、ママを壊してぇーッ!!」

「ちゃんと謝罪とおねだりができたね、ママ……いいよ、中に入れてあげるね」

瑞希は入り口で遊ばせていた雄槍で、秘壺を一気に貫いた。

「んぐ、んぐぅぅ……お、奥まできてぇ……あふ、はふぅぅ……瑞希くんがいっぱいで素敵なの……くふ、んふぅぅ……」

太腿を割り開いたままの姿勢で組み敷かれた紗莉香が、怒張の刺突の凄まじさに表情を引き攣らせつつ、食いしばった歯の隙間から感じきった呻きを漏らした。

同時に彼女の淫筒がいきりにねっとりと絡みついてきて、紗莉香の膣の貪婪ぶりが伝わってくる。

「このままいくよ、ママ……焦らした分、すぐにイカせてあげるね……んう、んううッ……」

軽い射精衝動を抑えこみつつ、瑞希は腰を大きく遣って蜜洞を掻き混ぜてやる。ぐちゅぐちゅと張ったエラが膣ヒダを押し拡げ、膣孔を拡幅していった。

「あ、ああ……あひ、んひぃッ……瑞希くんの大きいの出たり、入ったりぃ、んは、んはぁぁ、いい、いいのぉ……」

太幹で拡張された姫孔からは、ペニスの抜き挿しのたびに、愛液が飛沫となってあたりに散った。

「まだまだ、いくよ……ママのおま×こ、本当に気持ちよくって、腰が止まらないよ、んんッ！」

紗莉香の淫筒の内粘膜がいやらしく雄根に絡んで、吐精を強く促してきた。そのあまりの淫らさに引きずられるように、瑞希も腰遣いを加速させた。

大きなストロークで穂先を膣奥へ鋭くぶつけて、そのまま勢いよく引き抜いた。硬く張ったエラが膣ヒダを押し潰し、溢れた愛蜜を外へ掻きだした。

「んい、んいい、そんな……は、激しいッ、んひ、んひぃぃ……そんなにズボズボされひゃったらぁ、ママのおま×こ、ガバガバになってしまって……もっといやらしくなってしまうの……あひぃ、んひぃぃッ！」

「いいよ、もっといやらしくなって……僕専用の、おま×こにしてあげるから……くうッ……」

瑞希は雄竿の切っ先で内奥を幾度も抉り、膣底の秘環をほぐしていく。

「ひぐ、ひぐぐぅ……ひううぅ……ま、ママの奥ぅ、おま×この奥ぅ……めちゃくちゃに突かれて、感じる、感じひゃうぅッ……子宮にまで、ひ、響いてぇ、目から火花飛んじゃうッ、んあ、んああ、んあはぁッ！」

背すじを引き攣らせて、ぶるぶると生白い太腿を波打たせながら、紗莉香は妖しく悶えた。交合部からはとめどなく蜜汁が滴って、シーツをぐっしょりと濡らした。

「もっと感じてよ……僕のチ×ポで、奥を感じさせてあげるよ。んんッ……」

瑞希はほぐれた子宮口へ剛棒を突きこんだ。切っ先は打ちこまれた楔《くさび》のように、子宮頸へ潜りこんでいく。

「ひぎ、ひぎぎぃぃ……ひっぐぅぅ……んうう……瑞希くんのオチ×ポが、ママの子宮にずぶぶっれぇ、入ってきて……あ、ありえないのぉ……あ、あえ、あええ……」

「うう、すごい締めつけだよ……気を緩めたら、だ、出しちゃいそう……んう、んううッ……」

下腹部から勢いよく迫りあがってくる白濁液を押し殺しながら、腰をゆっくりと前後させた。固く締まった子宮口が次第に緩み、拡がっていく。

そのひと突きひと突きが子宮を揺さぶって、紗莉香をケダモノのように喘がせて、絶頂へと押しあげていく。

「ひぐ、ひぐぐ……し、子宮まで犯されて、ま、ママなのに、あ、ああ……でも、感じる、感じちゃうぅぅ……ひぎ、ひぎぅッ、んぐぅ、んっぐうぅーッ！」

紗莉香はこれ以上ないほど身悶えし、獣欲のままに自らも腰を浮かせて、瑞希の子宮責めを受けとめていた。

黒く艶やかなボンデージスーツは、ミルクと汗とラブジュースでぐしょぐしょに濡れて、噎せかえるような淫らなメスの香りが瑞希を刺激してきた。

「お、おお、おふぅ……ひぉ、ひぐぉぉ……ひぎぃッ……瑞希くんのオチ×ポで、子宮までされちゃうの、感じすぎてぇ……じ、自分でも怖いぐらい、き、気持ひよすぎらの——ッ！」

口の端から涎を滴らせて、だらしなく舌をはみださせながら、嬌声をあげつづけた。

端正な淑女の紗莉香の姿はそこになく、彼女は美しい一匹の獣へと変貌を遂げていた。

全身を駆け巡る愉悦の波に呑まれて、柔肌を妖しく震わせるたびに、噴きだした汗が淫靡に飛び散った。

「あひ、あひぃぃ、んひあッ……も、もう……き、気持ちよすぎて、頭、真っ白でぇ、訳がわからないのッ……ママなのに、ご、ごめんなさいぃ……い、イグ、イグイグイグぅぅーッ！　瑞希くんの前で壊れるぅ……ママ、壊れちゃうのぉ——ッ！」

「いいよ、ママ……僕が壊してあげるよ。んう、んううッ！」

瑞希は力強く腰を密着させて、亀頭の首根までずっぷりと子宮へ潜りこませた。

「ひ、ひう、ひぐぐぅぅ……い、イグぅぅ……ママ、し、子宮でアクメするぅッ！　ひぐぅんッ、ひっぎぃいいぃぃ——ッ!!」

紗莉香は淫らに割り開いた両腿を妖しく引き攣らせつつ、抜けるように白い内腿を震わせながら絶頂した。

「ママ、い、イったんだね……でも、僕はまだだから、もう少しママを楽しませてもらうよ。んう、んううッ……」

瑞希は精の滾りを下腹部で感じながら、腰を振りたてた。

「んい、んいい……ぐ、ぐうう……ママ、い、イったばかりで、まだぼおっとしてるのに、んあ、んああッ……おま×このなか、またッ、掻き混ぜられてぇ……んひ、んひぃッ……」

一度果てて、感じやすくなっているのだろう。瑞希のピストンに蜜壺はすぐに反応して、剛直へ淫らに絡みついてきた。

膣ヒダがぐちゅぐちゅと吸いつき蠢いて、雁首のエラを刺激してきた。

――ぐ、ぐう……ママのおま×こ、やっぱりすごい。ずっと味わってたいよ。

放精しないように堪えつつも、屹立を抜き差しする。

灼熱が竿胴の半ばまで迫りあがってきた。尿道は拡張したままで、吐精衝動を堪えるので精一杯だ。

射精しそうでしない至福の時間を存分に楽しみながら、腰を動かした。

「う、うう……ママのおま×こ、いいよ。き、気持ちよすぎてッ! くうううッ!」

「よくなってもらえて、うれしい……んひ、んひぁッ、ひぁあぁッ……ママも瑞希くんのオチ×ポで、い、イグ、イグゥッ、アクメしひゃうぅーッ！」

紗莉香は性の愉悦のままに乱れて、腰を跳ねさせた。蜜壺は艶めかしく屹立に吸いついて、子種を引き抜きにかかった。

彼女の熟れきった名器の魔悦に引きずられて、次第に抽送が加速した。

「ああっ……ママ、ママっ、ママぁッ……んうぅッ……」

自身でコントロールできないほどの淫洞の内側は心地よく、ぬめついた膣粘膜に絡めとられて、瑞希は猛り狂ったように下腹部を紗莉香へ打ちつけてしまう。

「ひう、ひううッ……み、瑞希くんッ……そんらにされたらぁ……ママ、ダメになってしまう……もう、もうッ……ら、らめぇ、らめぇええぇーッ……」

M字開脚で固まったまま、紗莉香は象牙のように艶やかな腿肌を粟立たせながら、再び愉悦の頂へ昇っていく。

「これで、い、イってよ……んんんッ！」

「ひ、ひぐぐ……ママ、またぁ、い、イグぅッ、イグぅッ……瑞希くんに、イカされひゃうッ！　いはぁあああぁ――ッ!!」

瑞希のとどめのひと突きに、紗莉香は白く美しい喉元を晒しながら、エクスタシーを極めるのだった。

果てた紗莉香の秘洞は妖しく収縮して、瑞希の精液をバキュームしてくる。

「んん、んううッ……ま、ママ、中に出すよッ……くうううぅッ!!」

紗莉香の優しくも淫らな膣の蠕動《ぜんどう》に幾度も襲われて、瑞希の精を堰《せき》止めていたダムはついに決壊した。

満水位まで貯まった白濁は奔流となって、紗莉香の膣奥へ多量に注ぎこまれた。

「……あふ、はふぅぅ……瑞希くんのせ、精液ぃ、いっぱい中にきてるぅ、熱くて、濃くて……ママ、だ、ダメになっちゃう……瑞希くんのザーメンで、何もかも溶かされて、どろどろになっひゃうぅ……んあ、んああッ……んっはぁあああぁ――ッ!!」

紗莉香は中出しされた精汁で、再び悦楽の頂へ達したのだった。

「んう、んうう、まだ出るよ……ほら、ママっ、僕の子種、全部受けとめてよッ……んう、んううッ!」

雄竿をビクビクと脈動させながら、瑞希は下腹部の灼熱を解き放った。

粘度の高い精汁が竿胴の内を押し拡げて、紗莉香の中へ撃ちだすたびに本能的な悦びを覚えた。

――ああッ、僕、ママの中に出してるんだ……。

オスの本能のままに射精しつづけて、紗莉香の子宮も膣もザーメンでマーキングしていく。

——ありったけの精液を出してあげる。僕だけのママ、誰にも渡さないからッ。

彼女の膣奥で剛棒を動かして、下腹部に溜まった欲情の塊をさらに吐きだした。

「……瑞希くん、まだ出てる……お、おふぅぅ……んくふぅぅ……もう、ザーメン注がれすぎてぇ、もう、お腹いっぱいなの……」

あまりに多量の種付液を受けたせいか、紗莉香はぐったりと肢体をベッドに沈みこませたままだ。

はぁはぁと肩で淫らに息をしながら、注がれた乳白汁でかすかに張ったお腹を満足げにさすっていた。

瑞希は一息つくと、精を放ちきった怒張をゆっくりと引き抜いていく。穂先から膣口まで、淫液で粘ったブリッジが作られた。

姫孔は瑞希の幹根の太さにぽっかりと開いて、内奥からは混合液がどろりと零れだすのだった。

「あ、ああ……こんなに出されて……ママなのに……瑞希くんのザーメンでお腹、いっぱいなのぉ……あふ、あはぁ……」

紗莉香は蕩けきった双眸をこちらへ向けながら、ボンデージスーツで妖しく包まれた女体をビクビクと震わせる。

緩みきった唇からは淫蕩な声が漏れて、それが途切れることなく続いた。

それは子宮にたっぷりと中出しされた精液の熱で、紗莉香が未だアクメの最中にいることを示していた。


幾度も果てて、中出しされても、紗莉香の情欲が収まることはなかった。

今も連続絶頂させられ、多量の白濁を種付けされたにもかかわらず、秘められた欲望の焔《ほむら》は消えることなく、身体の奥で熾火《おきび》のように燻《くすぶ》りつづけていた。

――私、まだ満足してないなんて……そんな……。

たくさん絶頂させられ、多量の精粘液を注がれつづけて、紗莉香は女としてこれ以上ないほどの幸福に浸りきっていた。

けれど、もっと愛してほしかった、瑞希とずっと一つになっていたいと、心の底から願ってしまう。

紗莉香の身体は再び熱く火照り、淫らな疼きを覚えつつあった。

――私の身体、どうしちゃったのかしら。瑞希くんに、どんどん淫らに変えられてしまって。

性交を重ねるほどに、淫らに堕ちていく自らの熟れた身体。その底知れぬ性欲に、紗莉香自身が恐ろしさを感じてしまっていた。

——あれだけイキまくったのに、まだ瑞希くんをほしがっちゃうなんて。こんな、いやらしい女、瑞希くんに嫌われちゃうわよね……。

そう思いながらも紗莉香の拡張された蜜孔は、瑞希のオスほしさに妖しくヒクつくのだった。

「あふ、はふぅ……み、瑞希くん……うう……」

口から出かかった「してほしい」という言葉を、紗莉香はなんとか押しとどめた。

ただ紗莉香の熱い視線は、彼の股間に注がれたままで目をそらせないでいた。

あれだけ出したにもかかわらず、瑞希の逸物は再び力を取り戻して、妖しいそり返りを見せていた。

「……み、瑞希くんのオチ×ポ……」

そう口にして紗莉香はしまったと思うが、もう遅かった。

「ママ、あれだけセックスしたのに、まだほしがってるなんて……」

「あ、その……ご、ごめんなさい……私……」

瑞希に自分の淫らさを見透かされて、紗莉香は恥ずかしさのあまり全身の血液が沸騰しそうになる。羞恥と動揺で、心臓が早鐘のように鳴った。

「謝るだけじゃ、もうダメだよ。淫乱なママには、ちゃんとお仕置きしないとね……」

「お、お仕置きって……あ、ああ……」

瑞希は答えるよりも先に、紗莉香のヒップをねっとりとまさぐり、そのままボンデージの股布の内側へ指を潜らせると、艶尻の谷間を撫であげてくる。

「あ、あふぅ……そこは……あひ、あふ……くふ、くふッ……」

彼の指が尻の窄《すぼ》まりを幾度も擦りたててきて、そのまま指の先端がわずかに菊割れへと潜りこんできた。

「お、おふぅぅ……そこは、お尻の穴だから……い、いやぁ……やめて、み、瑞希くんッ……んふ、んふぉぉ……」

「大丈夫だよ……こんなに淫乱なママなら、こんな卑猥なところでも気持ちよくなれるよ。それに僕はママのすべてがほしいんだ。お尻だって、僕のものだよ……」

尻蕾を浅く弄《いじ》られただけで、紗莉香は総毛立ち、はぁはぁと悶えてしまっていた。アナルで感じつつあるのは、傍目《はため》にも明らかだ。

「ママのお尻、もっとじっくりと見せてよ……もちろん肛門もね」

「あ、あんッ……は、恥ずかしいから……んう、んうう……」

身体で暴れ狂う羞恥に煩悶しながら、紗莉香の身体はベッドの上で転がされて、俯せにされてしまう。そのまま瑞希に腰を引きあげられて、円球形に盛りあがったヒップを、瑞希へ突きだす格好になった。

──後ろの穴を無防備に晒してしまって。はしたない姿を見られて、感じてしまって……あふ、はふぅ……。

もっと淫らな姿を見せたいと、紗莉香は自然と尻峰を大きく迫りださせて、無意識のうちに左右に双臀を揺さぶってしまう。

人一倍大きな巨尻が淫らな下腹部の動きで震えて、双臀のむっちりとした膨らみが妖しい波打ちを見せた。

「ママ、誘ってるの……そんなビッチな姿を見せられたら、もう我慢できないよ……んちゅ、ちゅぶ、れろぉ……」

瑞希は紗莉香の尻たぶを掴むと、むっちりと張った柔肉に指を潜りこませつつ、その痴態を楽しんでいるようだ。やがて、開いたスーツ生地を大きく両手で拡げて尻丘の狭隘に咲く陰華へキスしてきた。

生温い唾液をアナルへたっぷりとまぶされて、菫色《すみれ》の秘蕾が柔らかくふやけた。そこに軟体動物のような舌先が、ずぶぶぶと押しいってきた。

「お、おふ、んふぅぅ……そんなところ、な、舐めないでぇ……んふ、んふぉぉ……舌でずぼずぼしちゃ、だ、ダメなのぉ……んお、んおお……らめっれ、言ってるのに……おほぉぉ……」

「ママのお尻、少しずつほぐれて、舌を受け入れてくれてるね……んぶ、んぶぅ、んれろぉ……」

双尻の谷間で響く妖しい舐め音と温かな感触に、自身の菊座が舐めしゃぶられていることを、強く自覚させられてしまう。

舌胴がさらに奥へ潜りこみ、尻奥でうねうねと暴れだした。

「んい、んいい……お尻の中までエッチに舐められて、き、気持ちよくなってしまって……お、んおお……んくふぅ、くふぉぉ、おひ、おひぃぃ……」

唾液まみれの舌が直腸でにゅぷにゅぷと出入りするたびに、紗莉香は豊尻をぶるると振りたくって、あられもない声を発した。

——ママなのに、瑞希くんに後ろの穴、拡げられひゃって……瑞希くんにされてると、本当に実の息子に責められてるみたいで、恥ずかしくて、し、死にそう……。

瑞希は舌の届く限り奥まで直腸を舐め回して、禁断の愉悦を紗莉香に与えてきた。拡幅された尻孔を舌根で掻き混ぜられて、溢れる快美に背すじが溶かされていく。アナルを責められるなんて初めてのことで、紗莉香の妖しい乱れぶりが、瑞希を夢中にさせたのだろう。

――瑞希くんを誘惑して、感じてはいけないところで、感じてしまって。こんなママで、ごめんなさい……でも、自分が抑えられないの……。

淫らな道へ彼を引きこんでしまったことを心の片隅で詫《わ》びつつも、吠え声にも似た喘ぎを漏らしつづけた。

そうして紗莉香はぐったりとなるまで、肛門を舌で責めたてられた。

瑞希は尻の狭隘からゆっくりと舌を離して、こちらに視線を向けてきた。彼の瞳はわずかに嗜虐の色が浮かび、それが紗莉香をぞくぞくさせた。

ベッドに横たわった紗莉香の尻孔に瑞希の手が触れたかと思うと、そこへヌルヌルした液体が塗りつけられていく。

あっという間に臀部の切れこみや、菊座の中までも液体まみれになった。

「あふ、あふぅ……こ、これは……な、何……？」

「ローションだよ、ちょうどホテルの備品であったたんだ。こうやってお尻の穴をもっとほぐしたら、入れやすくなると思うんだ……」

「い、入れるって……まさか、瑞希くんの、お、オチ×ポ……」

「いいよね？　入れても……ママの身体は全部、僕のものなんだから」

瑞希は有無を言わさず、指先にたっぷりとつけたローションを直腸へ突きこむと、そのまま腸粘膜へ塗りつけていく。

――瑞希くん、最近すごく強引。お尻の奥まで、ローションでヌルヌルのトロトロにされてしまって……あぁッ……。

幾本もの指が肛門へ沈み、括約筋を拡げながら、にゅぷにゅぷと抜き挿しされた。

「はふ、はふぅ……んうッ、指が出たり、入ったり、んい、んいい……お尻をずぼずぼされたら、どんどんおかしな気分になっちゃうの……んふッ、んふぉぉ……」

菊割れから尻奥まで、丹念にローションを塗りこめられながら、紗莉香の気持ちは妖しく昂ってしまう。

「んふぅ……中に空気が入ってきて、す～す～してるの……あふ、くふぅ……」

彼の指がずぶぶと奥へ潜り、その指の腹でつるつるの腸壁を擦られていく。未知の感覚が下腹部を襲い、熱い吐息が漏れた。

尻蕾は緩みきって開花し、瑞希の人指し指や中指を、根元までやすやすと受けいれるようになっていた。

ゆっくりだった指のピストンが次第に速くなるにつれて、奇妙な恍惚と不安が同時に紗莉香を襲った。

味わったことのない快美に下腹部は蕩けさせられて、その緊張で身体が強張ってしまい、身動きできないでいた。

「お、おふぅ……んふぅぅ、あ、あおお……んおお……」

「いやらしい声、止まらないんだね……もう感じてるの？　ママ」

「え……あ、ち、違うの……これは……お、おう、おふぅ……ふぉ、おふぉぉぉ……いや、変な声が出てしまって、んお、んおおッ……」

紗莉香の唇を割って、ケダモノのようなオホ声が溢れて、自分では抑えられなくなっていた。

「すごいよ……ママは、本当に淫乱なメスなんだね。お尻でも、すぐに感じちゃうとは思わなかったよ……」

「そ、そんな目で見ないで、瑞希くん……ま、ママは違うのよぉ……」

「違わないよ……ママの動物みたいな吠え声、もっと聞かせてよッ！」

「おふ、おほぉ……出る、出るぅッ、いやらしいオホ声、と、止まらないのぉ、ケダモノ声、出してしまって……おふぉ、んふぉぉッ……」

肛門を指で拡張されて、直腸粘膜が妖しく擦りたてられる。

四つん這いで尻を高く突きだした姿勢のままで、今まで感じたことのない禁断の悦びに乱れつづけた。

「もう、いいよね？　ママのアナル、だいぶ拡がったみたいだし……僕にも楽しませてよ……」

瑞希は雄々しくそり返った怒張を、妖しく開花しつつある尻孔へあてがった。雁首の先端が潜って、尻蕾が軽く押し拡げられた。

「あうう……い、入れちゃうの……ママのお尻に、み、瑞希くんのオチ×ポ……」

「そうだよ……ママの後ろの穴、エッチに吸いついてきて、もう我慢できないよッ……んんッ、んうぅッ！」

瑞希の唸りとともに、力強く剛棒が直腸内へ押しこまれる。

「……み、瑞希くんが中に、きて……お、おお、おおッ、んおおッ、んおほぉぉ……おほぉぉ……んふぉぉッ……」

括約筋ごと腸壁が拡幅されて、その異物感の凄まじさに、紗莉香はケダモノのような呻きをあげてしまう。

「ぐ、ぐううう……すごい締めつけだよ、ママ。気を抜いたら、暴発しそうだよ……う、うう……」

瑞希は切羽詰まった声を出しながら、腰をゆっくりと抜き挿しした。太幹を押しこまれると、腸腔は内側から大きく拡がって、その圧迫感に被虐的な悦びを掻き立てられる。

そうして雄槍を勢いよく引き抜かれると、排泄感にも似た愉悦が脊髄を貫いて、脳内で弾けた。

「おふ、おふぅぅ……瑞希くんのが、出たり、入ったりッ……」

ピストンの抜き挿しのたびに禁断の歓喜が下腹部を満たし、ケダモノのような喘ぎをあげてしまう。

「ママのお尻ぃ、オチ×ポで混ぜ捏ねられれぇ……いい、いいの、気持ちいいのぉッ……あお、あおおッ、おほぉ、おっほぉぉッ！」

紗莉香は四つん這いのままで直腸を掻き混ぜられて、双尻を淫らに振りたくった。

剛棒が幾度も抜き差しされて、拡がったアナルの交合部からはローション混じりの腸液が溢れた。

——私、こんなはしたない格好のまま、オチ×ポでお尻を犯されて……き、気持ちよくなってしまって。本当は、ここまで淫らな女じゃないのに……。

むっちりと張った尻たぶが艶めかしく波打ち、ますます瑞希を昂らせたようで、アナルへのピストンが、いっそう激しく速いものになった。

「おう、おううッ、んおほぉ……お腹の奥までぐちゅ混ぜにされてッ、よすぎてぇ、ママ、い、イグ、イグぅぅ、お尻でイグぅーッ、んほぉ、おほぉぉ……」

「ママ……本当にイっちゃうんだ？　お尻の穴をファックされて、ママの開発は進んじゃったんだね。んん、んううッ！」

「だ、だって……瑞希くんのオチ×ポが、き、気持ちよすぎてぇ、ママ、ケダモノみたいに感じさせられひゃってぇ……本当はママ、ビッチな女じゃないのに、瑞希くんのオチ×ポ変えられひゃったぁ、後ろの穴で悦ぶメスに変えられひゃったのぉ……んおぉ、おほぉッ、おっほおぉ――ッ！」

瑞希は直腸への抽送を加速させていく。雁首のエラで腸粘膜がぐりぐりと擦られるたびに、その摩擦悦で脳髄まで甘く痺れた。

「ママ、いつでもイっていいよ……くう、くううッ！　ちゃんとアクメできたら、中にたっぷりと種付けしてあげるからッ！」

「ふぉぉ、おふぉぉ……ママ、お、お尻ファックされるの好き、好きぃぃ……奥までずぼずぼッ、たまらないのぉ……んお、んおほぉ……お尻、好き、好きぃ……お尻でされるの大好きなのぉッ!」

「正直になったよね、ママ。そんなふうにアナルで悶えることは、僕とママだけの秘密にしてあげる。だから……んう、んうう、このままイってよ! 僕のチ×ポでアクメしてよッ!」

瑞希は紗莉香を嬲りながら、腰のストロークを大きく激しいものにしていく。抽送のたびに、亀頭のエラに引っかけられて裏返った肛門の朱粘膜が妖しく覗いた。

「オチ×ポが、ずんずんって中に響いて、内臓まで揺さぶられれぇ……い、イグ、イグぅ……お、おひ、おひぃぃッ……」

そうして瑞希のとどめのひと突きが、S字結腸を深々と抉った。

「ひぐ、ひぐぐぅ……お、奥に当たってぇ……お尻でアクメするぅッ……ママなのに、アナルファックでイカされひゃうのぉ……あお、あおお……おほおおぉぉッ!!」

紗莉香はひときわ大きな嬌声を喉奥から迸らせながら、肛虐の法悦の前に果てさせられた。

艶めかしい膨らみを帯びた尻塊を、ビクンビクンと小刻みに震わせながら、紗莉香は絶頂の波を受けとめつづけた。

同時に腸壁は収縮して、瑞希の屹立にぴったりと吸いつく。

「ママのお尻も精液をほしがって、絡みついてきてる……そら、だ、出すよッ！　んううぅぅッ!!」

呻きとともに、夥しい量の淫濁汁が紗莉香の腸奥へ注ぎこまれた。大腸まで満たした種付液で、下腹部が優美な膨らみを見せた。

「あ、ああ……瑞希くんが、いっぱい中に入ってきて……熱くて、濃くて、す、すごいぃぃぃ……」

身体を揺さぶると、腸内で溜まった精汁がちゃぷちゃぷと音を立てた。そこに瑞希は、さらにねちっこくピストンを加えてきた。

出された子種が腸壁に幾度も塗りこまれて、愉悦が直腸を熱く蕩けさせていく。

——お腹の中、瑞希くんのザーメンまみれで……か、感じひゃって、何も考えられない……。

紗莉香はアナル絶頂と中出しの悦楽に脊髄まで蕩けさせられて、恍惚とした表情を晒した。

肛姦の末に果てさせられて、彼の手で完全に堕とされてしまっていた。

——私、ママなのに……瑞希くんのママ代わりなのに……いっぱいイカされて、ただのメスにされひゃってる……。

そんな紗莉香の直腸を、さらなる抽送が襲った。

「あ、あひ、あひぃぃ……まだ、だ、出すのッ……!?」

「もちろんだよ……まだまだ、いっぱい出すからねッ！」

「んひ、んひぃぃ……そんなぁ、い、イグ、イグぅぅ……ママ、こんなに出されたらぁ、お尻でも妊娠しひゃうぅぅッ、んあッ、んっあああぁぁぁ——ッ!!」

流しこまれた多量の灼熱に、紗莉香は四肢をぶるると震わせつつ絶頂した。

幾度もアクメした紗莉香は意識を朦朧《もうろう》とさせたままで、ベッドに身体をぐったりと横たえた。腸奥に放たれた精の凄まじい量もあって、セックスが終わっても紗莉香のオーガズムは、しばし続くのだった。

それから二人は楽な格好になると、ベッドで寝転がったまま甘い時間を過ごした。

朝からずっと身体を拘束していたボンデージスーツを脱ぎ、紗莉香は感じていたマゾ欲求が少し収まったように思えた。

「……あふ、瑞希くん……すごく、気持ちよかったわ……」

興奮が収まると、瑞希はさきほどの行為を思いだして、激しい羞恥に襲われてしまっていた。

「ママ、た、たくさんイってしまって……こんなにエッチなママを許して……」

瑞希の顔をまともに見ることもできず、抱きついたままでそう言うのが精一杯だ。

「エッチなママ、本当にそそるよ……僕だけに見せてくれてる顔だと思うと、なおさらね」

「あ、ありがとう……でも、自分でも信じられないぐらい乱れてしまって、恥ずかしいわ……」

「そうやって、恥ずかしがるところも可愛いかな」

「もう、瑞希くんったら……男らしくなってきたのはいいけど、意地悪にもなってきて……」

「そうかな？　自分ではわからないけど……」

瑞希は一呼吸置いてから、紗莉香をじっと見つめてきた。

「でも、ママがすっごく責められたいって顔してるから、つい……イヤじゃないんだよね？」

「う、うう……そういうことを聞くのが、意地悪なのよ……」

自分の被虐性癖を指摘されて、紗莉香は全身の穴という穴から、火を噴きそうなほどの羞恥に襲われる。

身体を小さく震わせつつ、瑞希の胸に顔を埋めて、そのまま押し黙ってしまうのだった。

＊

ゴールデンウィークが迫り、延長したレンタル義母の契約期限も、あと一週間ほどになっていた。

今日は昼からずっと紗莉香といっしょで、瑞希の部屋でいつもどおり自慢の手料理を振る舞ってくれた。

ただ、今までならば食材代などは必要経費として、期間の契約料金とは別に請求されていたのだが、瑞希がバイトで忙しくなりはじめてから請求がなくなっていた。

──ママが負担してくれてるんだよね……。

その気遣いがうれしく、同時に仕事で瑞希のところへ来てくれている紗莉香に、負担をかけているのが心苦しかった。

「ねえ、ママ……食材代も僕がもつから……ママが払うのって、変だと思うし……」

レンタル義母で来てるんだから、そう喉まで出かかったが、その言葉を口に出すと、紗莉香との関係がそのまま壊れてしまうような気がして、口に出すことが憚《はばか》られてしまう。

紗莉香はエプロン姿のまま振り向くと、柔らかく微笑んで見せた。

「いいのよ、瑞希くんこそ、気にしないで……ママが好きでやってることなんだから
……」

「でも……」

「それに、瑞希くん、最近無理してるみたいだし……私には無理するなって言ってく
れたのに、代わりに瑞希くんが頑張ってて、そんなの見てられないもの……」

そう言うと紗莉香は火を止めて、エプロンを脱いでから瑞希の前に座った。

「瑞希くん、ちゃんとお勉強できてる？　大学でお勉強なんて、今しかできないこと
なのよ。授業もちゃんと出て、単位も落としちゃダメよ」

「あ、うん……授業には出てるよ……」

バイトが夜遅くて、早朝の授業を幾つかサボってしまったことを思いだして、冷や
汗が流れた。

「それに瑞希くん、バイトも増やして……やっぱり、ママのために無理してるわよね。

瑞希くんにいっぱいレンタルしてもらえて、ママうれしいけど……でも、背伸びしす

ぎはダメよ……うん……ダメなのよ……」

紗莉香は瑞希に話しながら、まるで自分にも言い聞かせているみたいだ。自分を納得させながら話を続けた。

「ママみたいな女のために、せっかくの瑞希くんの青春も、お勉強の時間も無駄にさせたくないもの……」

「え、それって……」

「そうよ、だからレンタル義母の契約は、このゴールデンウィークでおしまいにしましょう……」

「おしまいって……もしかして、もう会えないってこと？」

瑞希は紗莉香の言葉に動揺しながらも、なんとか言葉を搾りだす。その問いに、紗莉香はひどく申し訳なさそうに、けれどしっかりと頷いた。

「それは、僕が学生だからなの……だから、ママと不釣りあいだって言うの？」

「ごめんなさい。瑞希くんに負担をかけたくないの……まだ若いんだもの、もっと素敵なヒトが見つかると思うわ……」

「でも、僕はママでないと……ママだから、こんなに好きになったんだ！　もっとバイトも勉強も頑張るし、ママに負担はかけないよ！」

「瑞希くん……」

一瞬、紗莉香は言葉に詰まる。ただ、迷ったのはほんのわずかな時間だけで、そのまま彼女は言葉を続けた。

「でも、ごめんなさい……契約の延長は、なしにしてほしいの……」

柔和な雰囲気の紗莉香とは思えないほど、きっぱりとした口調で伝えてきた。彼女が自分なりに、時間をかけて考えて出した結論なのだろう。

そのことがわかっただけに、瑞希のショックは大きかった。

「そんな……」

「お互いのためよ。瑞希くん、わかって……」

そう言うと、紗莉香は後ろを向いた。

瑞希は何か言おうとした、そのとき——床に水滴が落ちるのを見た。

——ママ、泣いてるの……。

言いだした紗莉香自身が何よりつらそうなのを目《ま》の当たりにして、瑞希は何も言えなかった。

第六章　お別れ記念の露出放尿プレイ

契約の終わる日、瑞希は紗莉香を自室へ招いた。豪華に焼き肉のつもりだったが、紗莉香の勧めで、地元でよく食べられているジンギスカン鍋になった。

部屋にやってきた紗莉香は、食材もいっしょに買ってきてくれていて、手際よく準備しはじめる。

瑞希も言われるがままに、カセットコンロを出したり、野菜を切ったりと準備を手伝った。

「ジンギスカンって、どんな料理なの？」

「羊の焼き肉よ。網じゃなくて、この鉄鍋でお肉を焼くのよ」

紗莉香が持ってきたのは半球形の黒っぽい鉄鍋で、そこに野菜や羊肉を載せて焼く料理らしい。

「焼き肉の一種なんだね。羊肉は食べるの初めてだし、ちょっと楽しみかな」

「羊は少しクセがあるって、初めての人は言うわね。でも、すっごく美味しくて、やみつきになるわよぉ♪」

いつもながらの、柔和な笑みを見せる紗莉香。こんなふうにして一カ月と少しの間、紗莉香にいろんなことを教わってきたのだ。

今日で契約期限も終わりだったが、紗莉香はいつもと同じ調子で、お別れの実感があまり湧かなかった。

「そうそう、近くの公園の桜、綺麗に咲いてたわよ。ふふ、ゴールデンウィークが来て、お花見の時期になると、いよいよ春って感じよね」

「そっか、こっちだとそうなるんだ。四月の初めだと雪も残ってるしね」

紗莉香はうれしそうに鼻歌を歌いながら、カセットコンロに火をつけた。

鍋に油を引いて、もやし、玉葱、キャベツを、丸く盛りあがったジンギスカン鍋の裾の部分に並べていく。

そうしてメインの羊肉を、うず高くなった鉄鍋の頂点で焼きはじめた。肉の焼ける音と、香ばしい匂いが心地よい。

鉄鍋の上で焼けた羊肉から油と肉汁が、鍋のくぼんだ淵へ滴り落ちた。そこへ、野菜から滲みだした水分も溜まっていく。

それらが一体となって、ぐつぐつと鍋の淵に浸かった野菜類を柔らかく煮込んだ。湯気とともに香ばしい匂いが立ちのぼり、食欲をくすぐってくる。

「さ、食べましょう。お肉、焦げちゃうわよ」

「あ、うん……」

瑞希は肉を取って口へ運ぶと、豚や牛とは違う独特の風味が口腔に広がった。

「へえ、不思議な味。でも、美味しいよ」

「瑞希くん、タレをつけないと。んふふ、それに、お肉ばっかりじゃダメよぉ。健康も考えて野菜もいっしょにね」

紗莉香は火の通った野菜を取り皿に入れ、その上からタレをさっとかけてくれる。

その間、瑞希は紗莉香の流れるような手つきと、しなやかな指先の桜色のネイルに見惚れてしまっていた。

――こんなふうにママをしてくれるのも、最後なのかな……心配させて、結果的に迷惑かけちゃったし、仕方ないよね……でも……。

だからと言って、紗莉香への思いは簡単にあきらめられるものではない。

自然に振る舞ってくれている紗莉香を気遣って、瑞希は何事もなかったかのように取り皿に入れてもらった野菜と羊肉を頬張った。

「うん、美味しいよ」

タレの旨味と野菜の水気が肉の臭みをまろやかにしてくれて、これならいくらでも食べられそうだ。

「ふふ、野菜もお肉の味が染みて、美味しいでしょ？　あ、そうだ、瑞希くん、お酒もどうかしら？　美味しそうな梅酒を見つけたのよ」

「僕はまだ飲めないから……」

「あら、そうねえ、未成年だものね。ごめんなさい……」

そう言うと、紗莉香は買ってきた梅酒をグラスに入れて、一人で飲みはじめた。

紗莉香は美味しそうに肉を食べる瑞希を眺めながら、ずっとこんな時間が続けばいいのにと思った。

――でも、まだお酒も飲めない歳なのよね……瑞希くん。

そんな彼に夢中になって、マゾ性癖まで開花させられてしまったのだ。

レンタル義母として彼の面倒を見るつもりが、紗莉香自身も彼を気持ちの拠《よ》り所にしてしまっていた。

梅酒の杯が進むと身体が火照り、今までの楽しい思い出が蘇ってくる。身を切られるような思いだったが、もう決めたことだ。

──好き、瑞希くん……でも、あなたとはダメなのよ……立場が違いすぎるの……。

紗莉香は明るく振る舞いながらも、内心は鬱々としてしまい、どうしても杯を重ねてしまう。

「ね、ママ……いいかな……？」

すると、瑞希が真面目な視線をこちらに向けてきた。

先ほどまで何か言いたそうに紗莉香をちらちらと見ていたから、気持ちの準備はできていた。

「なにかしら……？」

先日の契約更新のことだろう。

あれ以来、身体を幾度も重ねて、ますます淫らな関係に堕ちてしまっていたが、契約については深い話をしていなかった。

「ママは僕が学生だから、無理してるから、ダメだって言ったよね……契約も延長できないし、僕とママは釣りあわないって……」

「ええ、そうね……」

「じゃあ、僕が学生じゃなかったら、ママを支えられる男だったら……いいってことだよね？」

「え、そ、それは……そうだけど……まさか、大学をやめるなんてこと考えてないわよね？」

紗莉香は変なことを想像してしまい、ほろ酔い気分がいっぺんに吹き飛んでしまう。

「ち、違うよ……それも、考えたけど……ママに心配や負担をかけるのは同じだし……」

「そ、そう……よかったぁ。びっくりしたわ……」

「大学を卒業して、ちゃんと社会人として独り立ちできたら、ってことだよ……」

「え……それは……」

瑞希の真っ直ぐな思いが胸に刺さって、心音がとくんと大きく鳴った。

——すごく、うれしい。けれど、ママはこんなおばさんなのよ。すぐ瑞希くんに飽きられちゃうわ。それにレンタルでも、ママだから……私も瑞希くんに尽くせるし、瑞希くんも遠慮なく甘えられるのよ……。

仕事でなくなれば、瑞希の好きな時間に会うこともできない。今までよりも、扱いがぞんざいになってしまうだろう。

それに、レンタルという枠を外して瑞希と向きあう自信が、紗莉香にはなかった。素の自分を見られて彼に嫌われてしまうのが怖いのかも、そう思い至ってしまう。

――学生だから不釣りあいって、都合のいい言い訳よね……でも、契約終了がいい潮時だし……。

紗莉香は心の内に去来《きょらい》した思いをすべて呑みこんで、瑞希に向き直った。

「――それは、うれしいけど……でも、その頃になったら、瑞希くんは私のことなんて忘れてるわよ……」

「忘れないよ！　絶対に、忘れない……」

「とにかく、この話はおしまいよ。ね、わかって……」

「う、うん……わかったよ……」

返事のあと、少し間を置いて紗莉香のほうに向き直った。

「わかったけれど、代わりに僕の言うことも聞いてよ。最後なんだから、それぐらいのわがままはいいよね？」

「ええ、いいわよ……ママにできることなら、何でもするわ……」

「エッチなことでも？」

「え、ええ……もちろんよ……瑞希くんが喜ぶのなら……」

瑞希の意地悪さを孕んだ視線を感じながら、紗莉香はまな板の上の鯉《こい》のような気分を味わっていた。

ただ、彼の思いを袖にしたのは自分のほうなのだ。よほどのことでなければ、受け入れるつもりでいた。

それにこの一カ月の間で瑞希からの淫らな指示で、被虐的な悦びに耽っていたのはむしろ紗莉香自身だ。

——な、何を命令されるのかしら……？

紗莉香は妖しい期待で、胸をドキドキさせてしまう。

「じゃあ、散歩に行こうよ。ちょうど近くの公園の桜が綺麗だって、ママも言ってたしね」

「散歩……って、た、ただの散歩じゃないわよね……」

「うん、最後だし……ちょっとエッチな格好でっていうのは、どうかな？　夜だから、誰にも見られないと思うよ」

「……わ、わかったわ。ママ、瑞希くんの命令なら……それに、最後だものね……」

瑞希の命令という言葉を言い訳にして、大胆な返事をしてしまう。

——もしかして、裸でお散歩だったりして……それでも、いいわ……ああ、想像するだけで、あそこが濡れてきて……。

紗莉香は全裸で雌犬のように散歩させられる姿を想像して、マゾヒスティックな悦びに包まれるのだった。

だが、実際に瑞希が持ってきたものは、紗莉香の想像以上に淫らな装いだった。

まずは、黒ラバーのぴっちりしたスーツを着せられる。

素肌の露出はほとんどないものの、薄手のラバー生地は熟れた紗莉香の身体に妖しく密着して、その身体を淫らに締めつけてきた。

──このスーツの着心地、すごくエッチで……あふ、はふぅ……か、感じてしまうわ……。

その艶めかしい拘束感と奇妙な息苦しさに、紗莉香の淫らな気持ちは激しく掻きたてられた。

むっちりと盛りあがった双臀に、紡錘形《ぼうすい》の膨らみを見せた胸乳、そして括れた腰から、太腿にかけての艶然としたラインが手に取るように露で、素肌を晒しているとき以上に、身体の熟れっぷりが強調されていた。

「ほら、これもつけてよ。ママ」

「わかったわ……言うとおりに、すればいいのね」

そうして渡されたグローブやブーツ、そしてカチューシャをつけて、長い髪も後ろで束ねた。

装着されたグローブやブーツの先は蹄形《ひづめ》で、頭のカチューシャは馬のように細長く、愛らしい耳がついていた。

最後は瑞希の力も借りて装着し、両手両足の先まですべて蹄になった。

「ん……んんッ……」

手足を床につけて、四つん這いのままゆっくりと身体を起こす。

その姿は、まさに黒光りする馬そのものだ。

「こ、これが私……」

瑞希の部屋の鏡に映った四足動物めいた姿態に、紗莉香は淫らな高揚を覚えてしまう。

「まるで、お馬さんよね……こ、これ……」

身体を動かすと、ラバー生地の擦れる音がぎちぎちと響き、紗莉香をいっそう激しく昂らせた。

——こんな格好させられて……私、ますます興奮してしまってる……。

秘部は熱く濡れて、収縮した蜜壺から愛液がとめどなく零れた。ラバースーツの内側は淫らな果汁が洪水となって溜まっていて、少し下肢を揺さぶるだけで、股のあたりでそれがちゃぶちゃぶと淫靡な音を立てた。

「ママ、よく似あってるよ……ボンデージもよかったけど、動物の格好も似あうと思ったんだ。犬か馬か迷ったんだけど、ママは乗馬をやってたし、馬がいいかなって思って……」

瑞希は紗莉香の内腿から下腹部にかけてを、ねっとりと撫で回してきた。股部にぴっちりと吸いついたラバーが淫靡な音を奏で、それがひどく艶めかしい。

「これを入れたら、ママは完全に僕のポニーだよ……」

瑞希が取りだしたのは長めのアナルプラグで、その根元には馬の尻尾が垂れ下がっていた。

「まさか、それを入れるの……」

「もちろんだよ……ほら、お尻をこっちへ出して、ママ」

「い、いや……待って……」

「待たないよ……だって、僕の言うこと聞いてくれるって、言ったじゃないか」

瑞希は強引に紗莉香の下腹部に取りつくと、ラバースーツのチャックを下ろしていく。

股間が強制的に開かれて、中に溜まったラブジュースがぽたぽたと滴り落ち、ラバーにぴっちりと包まれた太腿を濡れ輝かせた。

そうして尻の狭隘までも晒されて、その窄まりを指先で拡張される。

「んう、んふぅ……んお、お……んほおぉぉ……後ろに尻尾まで挿入されちゃったら、ママ、本当にポニーさんになっちゃうから……んひ、んひぃぃッ……」

「そのために、やってるんだよ。アナルプラグの尻尾をつけたら、ママはもう人間じゃなくなっちゃうからね……そら、入れるよッ」

瑞希はしっかりとほぐした尻孔へ、プラグをずぶぶと押しこんでいく。

「おふ、おふぉ……中に、入ってぇ……お、おお、んおふぅ……あ、あおおッ、んほおぉぉ……」

ケダモノのような吠え声をあげながら、紗莉香は四つん這いのまま、ぶるぶると身体を震わせた。そうして肛門に、アナルプラグをしっかりと咥えこんでしまう。

黒ラバーにラッピングされた双尻から突きだした、黒々とした尾は馬のそれで、紗莉香が恥じらいに下半身を揺さぶると、本来の尻尾のごとく左右に自然な揺れを見せた。

「これでママは、僕の家畜だよ……」

「……家畜、ううッ……」

瑞希の冷たい言葉が、紗莉香に突き刺さる。

——瑞希くん、本当に私の飼い主みたいな感じで。プレイだとわかってても、興奮してしまう……。

紗莉香は信頼する彼に身を委ねて、動物扱いされるマゾの悦びに耽溺してしまう。身体の芯が甘く疼き、無意識に押し殺していた自らの淫らさを、さらに解き放つのだった。

瑞希はそんな紗莉香をいやらしく撫でながら、その耳許で責め囁きを続けた。

「ママのポニースタイル、最高だよ……今までで一番、綺麗だ……」

「こんな格好、ほ、褒めないで……裸でいるよりも恥ずかしいわ……う、うう……」

姿見に映った自分の身体は、光沢のあるラバーと手足に履いたポニーの蹄で覆われていて、わずかに二の腕と太腿の半ばより上が覗くだけだ。

「それに尻尾はやっぱり……こんな格好でお外へなんて、出られないわ……」

お尻の尻尾へ手をやろうとして、そこで手が使えないことに思い至った。

——うそ、蹄のグローブで手が使えない……そんな、一人で脱げないなんて……。

その事実に思い至り、紗莉香の被虐的な悦びがまた刺激されてしまう。ぶるると身体を震わせると、ラバー生地が独特なギチギチ音をさせながら身体に絡んできた。

その息苦しさと拘束感に、マゾポニーされてしまったことを改めて思い知らされて、妖しい悦びを強く感じるのだった。

「本当は室内で楽しむつもりだったんだ……でも、ちょうど桜も綺麗だし、ママといっしょに見たいなって思って。最後だし、多少の無理は聞いてもらうよ……」

「わ、わかってるわ……ママ、頑張るから……」

「じゃあ、行くね……ほら、ママ、歩いて！」

瑞希は紗莉香の臀部を平手で軽く叩いて、部屋で移動を促した。

「あひ、あひぃぃ、お尻、ぶたないで……本当に、お馬さんになったみたい……」

叩かれる痛みよりも羞恥で、紗莉香は黒光りした女体を淫靡に震わせた。

「でも、お馬さん扱いで興奮してるのはママだよね？　四つん這いじゃなくて、立って僕から離れることだってできるのに……」

瑞希の手が、ヒップの丸みを確かめるように粘着質な愛撫を続けた。そうして幾度も、平手打ちがラバーに包まれた尻たぶへ当たった。

「また、い、意地悪を言わないで……くひ、んひぃ……あひぃぃ……エッチにお仕置きされて、か、感じてしまって……ごめんなさい……ママ、こんなマゾで……」

「謝る必要ないよ。家畜が謝るの変じゃない……ほら、ママ、もっと馬扱いしてほしかったら、あれを取ってきて……」

瑞希が顎で指し示したのは、部屋の壁に立てかけてあった乗馬用の短い鞭だ。

「あれを……わ、わかったわ……瑞希くん……」

紗莉香は部屋を這って移動し、乗馬鞭のところまでたどり着く。それを持とうとしたが、手指は蹄で覆われていて持つことさえできない。

──く、口を使えばいいのよね……でも、こんなの本当に動物みたいで……。

一瞬の迷いのあと、紗莉香は意を決して乗馬鞭を口で横咥えする。少し咥えただけで涎が滴って、鞭を淫靡に濡らしてしまう。それを紗莉香は彼の許へ持っていった。

「口で咥えて持ってくるなんて、さすがだね、ママ。褒めてあげるよ……」

瑞希は鞭を受けとると、紗莉香の頭から背中にかけてを幾度も撫でた。

本当に家畜にされたみたいで、マゾヒスティックな悦びが、背すじをぞくぞくと駆け抜けていく。

「その鞭でママを躾《しつ》けて、瑞希くん。私を、お馬さんにして……」

そうして紗莉香は、自ら家畜になることを強く望んでしまう。

「わかってる……それじゃあ、お外へいくよ、ママ……」

「あううッ、わ、わかりました……」

瑞希は紗莉香のお尻を軽く鞭で打つ。小気味いい音が響き、痛み以上に獣扱いされている歓喜が全身を貫いた。

紗莉香は馬のように四足歩行で歩いて、アパートの外へそのまま出ようとした。

「あ……ま、待ってよ、ママ……人に見られたら、確認しないと……」

一瞬、素に戻った瑞希が微笑ましく、同時にマゾの悦びにどっぷり浸かった自分が、恥ずかしくなってしまう。

「あ……そ、そうね……ママ、お、お馬さんになりきっちゃって、もう見られてもいいって思って、あふ、はふぅ……」

「それと……これもつけてよ」

瑞希が持ってきたのは金属で作った棒状の口枷《くちかせ》で、言うなれば乗馬の付けるハミに近いものだ。

「え、ちょ、ちょっと……それは、むぐぐ……う、うう……」

口に押しつけられて、後ろから革紐で固定される。そこへ手綱を繋がれて、完全にポニーのように拘束されてしまうのだった。

「じゃあ、出発だね……行くよ、ママ……」

「……う、うぐ……ん、んうぅぅんッ」

紗莉香は言葉で返事できなくて、唸るように軽くいなないた。

瑞希に連れられて、紗莉香は四つん這いで外を散歩する。冷たい夜気《やき》が、露出した二の腕や太腿を嬲り、寒さにぶるると身震いした。

「ほら、歩いて、ママ……公園までだから、行けるよね？」

紗莉香はもごもごと返事して、両手両足でゆっくりと歩きはじめた。ギチギチとラバー特有の擦れ音が響き、それが紗莉香の気分をより高揚させる。

ときおり瑞希の鞭で軽く叩かれ、手綱を引かれるたびに、動物扱いをまざまざと感じて、被虐の歓喜に淫洞が甘く締めつけられた。

内奥から悦びの蜜を溢れさせてしまい、それが歩道を点々と濡らしていく。はふはふと荒く呼吸を乱しつつ、紗莉香は本物のポニーのように歩きつづけた。

ハミを咥えた口は半ば開いたままで、涎がだらだらと艶めかしく滴り落ちる。それは路面に溜まり、四つん這いの蹄の先まで濡らした。

「ママ、涎を垂らして……止まらないんだね……ふふ、エッチだよ……」

「うう、むぐぅ……うぐぅ……」

瑞希に唾液の滝を指摘されて含羞に悶えながらも、紗莉香自身にはどうすることもできない。

道路を走る対向車のライトが紗莉香に当たって、口や秘唇からの体液の滴りを艶美に照らしだした。

——い、いやッ！　こんなところ見られたらッ！

そう思うと同時に、紗莉香は身体の芯が溶けそうなほどの熱を帯びて、それに感じてしまっていることを自覚した。

——うそ、うそよッ！　私、イキそうなほど感じてしまって……あッ、あああッ！

四肢を強張らせて、紗莉香は喉奥から獣じみた喘ぎを漏らしつづけた。

「んぐう……うぐぐぅぅ……はひ、はひッ、はひぃぃ……」

「ママ、見られて感じてるんだ？　ケダモノらしいマゾっぷりだね。ほら、公園までもうすぐだから、歩いて……」

「うう、ううう……んむぐぐぅ……」

反論したくてもハミを咥えていては、言葉を発することさえできない。ただもごもごと口を動かして、唸りとともに熱い呼気が吐きだされるだけだ。

顎や胸元を唾で濡らして、ラバー生地を妖しく艶光りさせる。

昂りのあまりに熟れた女体を淫靡に震わせ、それでも満足に果てることはできないでいた。

紗莉香は絶頂しそうでしない、生殺しの状態のまま野外ポニー散歩を続けた。

公園に入ると、咲き誇った桜の花が夜の闇にぼんやりと浮かびあがって、幽艶な美しさであたりを彩っていた。

そのあでやかな桜並木はずっと公園の奥まで続いていて、桜吹雪の散る中を紗莉香は四つん這いで歩いていく。そうして、ひときわ大きな桜の木のたもとにあるベンチのそばで、紗莉香は一息ついた。

夜風が桜の枝を嬲ると、花びらが妖しく舞い散って、二人のそばにまで落ちてくる。裸身をぴっちりと包んだラバーに、散った桜花が幾枚も絡みついて、紗莉香のポニースタイルを妖しく彩った。

「大丈夫、ママ？」

瑞希は口枷を緩めて、紗莉香をじっと見つめる。

「……だ、大丈夫よ。瑞希くん。ママは、ドMなお馬さんだから……もっと辱めて、動物みたいに扱って……」

紗莉香はプレイの高揚感のままに、そう口走ってしまう。

——私、瑞希くんに、何てことを言ってるの……でも、最後だもの……めちゃくちゃにされてもいいわ……ポニーになったママをたっぷりと躾けて……私を瑞希くんだけの家畜にして……。

紗莉香自身、身体の内から溢れるマゾヒスティックな渇望が抑えられず、身体の内で溢れる欲望のままに瑞希へおねだりの視線を向ける。気持ちの高揚のあまりに息がひとりでに乱れて、口の端からは浅ましく涎が滴り落ちた。信頼する彼に身を委ねて、純粋なマゾの悦びにもっと耽りたいと願ってしまう。

「ほら、ママ、こっちへ来て……顔が涎で濡れてるから、綺麗にしてあげるね」

「あ、ええ、わかったわ……」

ベンチに座った瑞希に手綱を引かれて、紗莉香はポニースタイルのまま、彼に抱きついた。そのままねっとりと濃厚なキスをされ、滴る唾液を啜り飲まれた。

馬の格好をしていても人間を簡単に捨てられるわけでもなく、濃厚なキスにうっとりとして、その直後に口許や顎に垂れた涎を舐めとられると、火のような羞恥が全身を襲った。

「ごめんなさい……ママ、お馬さんなのに、いっぱいお世話してもらって……」

「大丈夫だよ。僕もママに、たくさんお世話になったからね……」

夜気に女体を晒されながら、瑞希に全身を撫で回されているうちに、ふいに紗莉香の奥にかすかな生理的欲求が芽生えた。

——そ、そんな。こんなときに……う、うう……。

それは尿意で、予想だにしていなかったことに、紗莉香は戸惑いを覚えてしまう。

一度、意識されたそれは彼女の中で膨らみ、すぐに我慢できなくなった。瑞希に下腹部を撫でられるたびに、

「う、うう……瑞希くん、お腹は、あまり撫でないで……おしっこ、出ちゃうから……」

「へぇ、ママ……お漏らししちゃいそうなんだね？ せっかくだから、ここで出してもいいよ」

「な、なッ……だ、ダメよ……お外でおしっこなんて、そんな……」

瑞希は耳まで真っ赤にしながら、ぶんぶんと頭を振る。

「ママはポニーなんだから、おしっこを外でするぐらいは普通だよ。ほら、あそこの桜の木の下で、どうかな？」

「誰かに見られたら、どうするの？ ね、お願い、許して……」

「ダメだよ。それに動物みたいに扱ってほしいって、ママも望んでるんだよね？ ほら、お外で出すと、気持ちいいって言うし……」

手綱を引っ張られて、桜の木の下へ連れていかれた。紗莉香はイヤと言いながらも、心のどこかで野外排尿する自分の姿を想像して、激しいマゾの愉悦を感じてしまっていた。

──くうッ、お、おしっこで感じちゃったら、私、ケダモノ以下よね……最後なのに、瑞希くんに幻滅《げんめつ》されちゃうのは、いやよ……だけど……。

ただ彼に抵抗しようとは思えず、流されるままに従ってしまう。

尿意が下腹部を覆い、お漏らししたらと思うだけで、恥ずかしさで茹《ゆ》であがりそうになった。

──私、こんなところで、本当におしっこしちゃうの？　でも、もう我慢の限界で……き、気を緩めたら、出ちゃう……ううッ……。

瑞希は紗莉香に四つん這いになるように指示し、余裕のない紗莉香はただ従うしかなかった。

「そうだよ、ママ。脚もちゃんと拡げて、そうしないと、おしっこで濡れちゃうからね……」

「でも、ママがこんなところでおトイレだなんて、よ、よくないわ……」

「今は人間じゃなくて、お馬さんなんだから、気にする必要ないよ。さあ、ママのおしっこする姿を見せてよ……」

桜の幹へ尻を突きだささせられて、股間のチャックを大きく開かれた。夜気が股間を冷たく嬲ってきて、内から強烈な失禁衝動が襲ってきた。

――苦しい……こんな……た、耐えなきゃ……。

ポニースタイルで四つん這いのまま、尿意の凄まじさのあまり、ラバーに包まれた熟れた艶尻をぶるると振りたててしまう。

身体の内から湧きあがってくる衝動を抑えこみながら、紗莉香の中で理性と本能が争っていた。

出せばラクになるのはわかっていたが、それだけはいけないと紗莉香の最後の理性が拒んでいた。

――瑞希くんでも、だ、ダメ……お漏らし姿を見せるわけには……。

もしも、お漏らしして一線を越えてしまえば、紗莉香は坂道を転がるように堕ちていくのは明らかだ。

マゾを開花させつつある紗莉香でも、まだそこまで堕ちる勇気はなかった。

「強情だね、ママ……こうしたら、どうかな?」

瑞希は股間の開口部に指を潜りこませると、膣口からクリトリスにかけてをまさぐっていく。

「んひ、くひぃぃ……そこ、さ、触っちゃ、だ、ダメぇ……お、おしっこ、で、出る、出ちゃうからぁ……んいッ、んいひぃ――ッ!!」

紗莉香の蜜孔がぐちゅぐちゅと浅く掻き混ぜられ、勃起してかすかに顔を覗かせていたクリトリスが幾度も撫でられて、軽く爪を立てられた。

鋭い快美の電流が下腹部から背すじを衝き抜けて、同時に紗莉香の尿道の緊張が緩んでしまう。

「あ、ああ……いや、いやぁッ、いやぁあああぁぁ――ッ……出る、出ちゃうぅぅ……お、おしっこ、お漏らし……瑞希くんの前で、しちゃううッ、いやぁぁぁ……」

叫びとともに、紗莉香はついに放尿してしまう。山吹《やまぶき》色の尿《いばり》が噴きだして、桜の幹の根元へじょろじょろと落ちていった。

「あふぅ……で、出てる……んふ……くふぅ……」

紗莉香の下腹部は放出の爽快感に包まれて、全身が弛緩《しかん》した。溜まったお小水は、止まることなく流れつづけた。

「ほら、もっと脚を拡げないと、身体にかかっちゃうよ……それにしても、だいぶ溜めてたんだね……いっぱい出てる」

「言わないで……うう、ママ、瑞希くんの前でおしっこなんて……恥ずかしすぎて、死んでしまいそう……」

羞恥が身体中で暴れ狂い、全身の震えを止めることさえできないでいた。

慙死《ざんし》寸前になりながら、おしっこを出し終えると、紗莉香はよろよろと立ちあがって、瑞希に抱きついてきた。

「よく頑張ったね、ママ……最高のおしっこだったよ」

「……も、もう……おしっこを褒めるのはダメ……まだ、身体中が熱くて……ああッ、瑞希くんたら、本当にひどいわ……」

紗莉香は涙目のまま、恨めしげに瑞希を睨んでみせる。排尿後すぐに、動物のように四つん這いで失禁していた自身のイメージが脳内にフラッシュバックしてきてしまい、燃え盛るような羞恥に身体の芯まで激しく炙られた。

──う、うう……いっそ、本物のお馬さんになりたい……そうしたら、こんな思いしなくてもいいのに……。

そうして秘部から多量の甘露を、ドプドプと多量に滴らせてしまうのだった。

「でも、本当にいやらしくて、よかったよ……背中を押せば、どんどん淫らなメスになっていくよね、ママは……こういうの調教っていうんだよね。僕、ママのこともっといやらしいマゾに変えていきたいよ……」

「……そ、そうね、私も瑞希くんにもっと調教されて、エッチに虐められたい……」

「じゃあ、こっちへ来て……ベンチの上で、このままセックスしよう」

「またお外で、セックスまでしちゃうのね……でも、ママもしたい、瑞希くんと青姦セックスしたいわ……」

「わかってるよ、ママ……ここだって、ぐしょぐしょだしね……」

瑞希の指先が秘部をくちゅくちゅと掻き混ぜると、さらに内奥から蜜が零れだす。ラバースーツの下は、汗と淫汁でどろどろになっていた。

「……うう、そこを混ぜまぜしないで……あ、あん、ああッ、あはぁーッ！」

紗莉香は喘ぎながら、瑞希にぎゅっとしがみついた。彼は横長のベンチまで紗莉香を連れていくと、そこへ座った。

そうして彼は紗莉香を自分の腰へ跨がらせて、対面座位の体勢で抱いた。

「僕の勃起が当たってるの、わかるよね？　ママのいやらしい姿を見て、こんなになっちゃったんだよ。さあ、自分でチ×ポを咥えこんでよ……」

「わかったわ、ママのせいなら、ちゃんと責任を取らないとね……あふ、瑞希くんをいただくわね……」

紗莉香は瑞希と向かいあったまま、彼の首へ手を回す。

そのまま腰を浮かせると、膣口を亀頭へ押しつけた。ほぐれきった秘唇は大きく口を開けて、つるんと瑞希の雁首を呑みこんだ。

「ん、んあッ、んあああ……瑞希くんのオチ×ポ、ママに入ってきて……ああ、素敵……ずっとほしかった……」

内奥まで剛棒に満たされて、紗莉香はうっとりとした顔をする。

「僕は動かないから……ママから動くんだよ」

「……うう、意地悪。お馬さんの格好のまま、いやらしく腰を振るなんて、ママ、本当にケダモノじゃない……」

「でも、したくてたまらないのはママだよね？　そのケダモノっぷりを見せてよ。ほら、ご主人様の命令だよ、ママ。僕の上で腰を振って、動いてよ……」

「……わ、わかりました。ママ、動くわ。瑞希くんの上で、いやらしく乱れちゃうからッ……あふ、あふぅん、んぅぅぅッ！」

紗莉香は瑞希の指示で、細腰をねっとりと揺さぶりはじめた。蜜壺は甘く疼き、下腹部が愉悦に満たされていく。

結合部はさらにほぐれて、開ききった姫孔からは濃厚な淫汁が零れて、瑞希の腹を濡らした。

紗莉香が腰を振りたくって、膣ヒダでぬちゅぬちゅと淫猥な粘水音を奏でながら、膣ヒダで絡めとったペニスを蕩けるような甘さで扱きたてていく。

濡れた秘棒が結合部から出入りする淫らな光景に昂り、紗莉香はますます激しく艶腰を遣った。

ただ淫らに腰を跳ねさせるほどに、もっと雌孔を責めてほしいという渇望も高まり、それを自分の内にしまっておけず、口から溢れた。

「あふ、はふぅ……瑞希くんのオチ×ポ、欲しいの。もっと動いて……ママのおま×こを、めちゃくちゃにして。お馬さんのおま×こ、奥までガン突きしてほしいの……子宮でオチ×ポを感じたいのッ、んあッ、んあああッ、あはぁぁーッ！」

下腹部が軽快な音を立ててぶつかり、夜の静寂に淫らなピストン音が響く。愛液の飛沫が散って、淫らなメスの香りがあたりに充満した。

「もうおねだりなの、ママ？　もう少しだけ我慢してよ……」

瑞希は紗莉香のラバーで包まれた身体をまさぐり、その乳房をむにゅむにゅと揉みしだく。妖しいラバー生地の擦れ音が響き、身体の感度があがっていく。

幾度も嬲られた胸乳は感じて、乳嘴を隆起させていた。双球を艶めかしく包んだラバー生地の先端が尖って、乳頭を妖しく象っていた。

「乳首も勃起させて、本当にほしがってるんだ……浅ましくチ×ポを求めるビッチなママ、大好きだよ……」

「あ、あひ、あひぃぃッ、ち、乳首、責められたら……んひぃ、くひんッ、変な声ッ、いやらしい声、出ちゃうッ……胸だけじゃなくて、オチ×ポっ、ママの奥にッ、オチ×ポをズボズボしてぇーッ！」

紗莉香はポニースタイルに包まれた女体を、いやらしく振り乱して悶えつづけた。腰を振りたくりつつ、双乳をぶるぶると揺さぶって、嬌声をあげつづけた。

表情はいやらしく蕩けきって、緩んだ口許からは、舌がだらりと力なくはみだしていた。

「お願い、瑞希くんをちょうだいッ！　このぶっといオチ×ポで、ママを天国に連れていってッ……ママ、瑞希くんといっしょに、気持ちよくなりたいの――ッ！」

紗莉香はママの立場を完全に忘れて、チ×ポのおねだりを繰り返した。もはや理性は溶けてなくなり、快楽を貪ることしか頭にない。彼と一つになって、悦びに包まれて昇天することだけが、紗莉香の望みだった。

「わかったよ、ママ……じゃあ、おねだりどおり、僕のチ×ポをプレゼントするね……んうぅッ！」

瑞希は腰を強く跳ねさせて、大きなストロークで抽送を開始した。屹立が内奥を抉るように叩き、子宮口をほぐしていく。

――お、奥に、瑞希くんを感じて……ああッ、ママ、幸せぇ……。

瑞希の怒張の激しい突きあげに子宮を蕩けさせられながら、紗莉香も柔腰を大きく動かした。

交合の愉悦は紗莉香のメスの本能を目覚めさせて、彼女を一匹の麗しい獣へと変貌させていった。

「あひ、あひぃ、くひッ……いい、いいのぉ……ま、ママ、感じてッ、腰、動いちゃうッ！　気持ちよすぎて、腰の振りふりッ、止まらない、止まらないのーッ！　いはッ、いはぁぁッ、やはぁぁーッ！」

雁首のエラが膣粘膜をぐちゅぐちゅと掻き混ぜて、膣内の性感帯を擦りたて、膣底の秘環を幾度も叩く。

――おま×この奥で感じてしまって、子宮でアクメしてしまうッ……。

屹立の衝撃が子宮を揺さぶるたびに、紗莉香はこれ以上ないほどのメスの悦びを覚えてしまっていた。

「ひぐ、ひぐぅぅ……し、子宮、すごいぃぃ……奥にッ、瑞希くんのオチ×ポがガンガン当たってぇ、こんなにセックス、感じるなんて、し、知らなかった……んひッ、ひぅぅッ、んひぐぅッ……」

子宮口へ雄槍の先が打ちこまれて、引き抜かれる。そのつど子宮全体を麻薬的な鈍い快美が支配して、ポルチオ性感帯が開発されていく。

——ひと突きごとに感じてッ、敏感になっていってるの……私の身体、どうなってるの。ママがこんなに感じやすいビッチだなんて、瑞希くんに絶対に言えないッ……。

紗莉香は瑞希の激しい抽送の前に理性をかなぐり捨てて、メスの性欲を剝きだしにして悶えつづける。

ラバーでぴっちりと包まれた裸身をくねらせるたびに、フェティッシュなゴムのギチギチという擦れ音が響き、いっそう紗莉香を昂らせた。

「い、イグ、イグぅぅッ……もう、ママ、イっちゃうぅッ。瑞希くんのオチ×ポに、いやらしく変えられてッ、ぽ、ポルチオイキぃッ、しひゃううう——ッ! ひぅ、ひぐぅッ、ひぎぃ、んっひぅッ……」

「イクんだね、ママ、僕もそろそろだよ……ん、んんッ、ポニーなママに、いっぱい種付けしてあげるから、それで、イってよッ!」

「ひう、ひぐぅんッ！　い、イクぅ、イってしまう……ママ、瑞希くんといっしょにッ、子宮でアクメっひゃうぅぅ……あ、ああ……」

「そらッ、出すよ、んううう——ッ!!」

瑞希は子宮へずぶぶと穂先を潜りこませて、そこへ多量の子種汁を爆ぜさせた。灼熱はあっという間に子宮を満たし、紗莉香の意識を白く染めていく。

「た、種付けされて……瑞希くんの熱いのッ、子宮に来て……い、イグぅぅ——ッ、いはぁあああぁぁぁ——ッ!!」

ビクビクと身体を跳ねさせる紗莉香の中で、瑞希の屹立は妖しく拍動し、さらに多量の精粘液を噴きあげつづけた。子宮内は彼の体液で満たされて、たちまち結合部から溢れだす。

「……あ、あえ、あへぇぇ……熱くて、濃い瑞希くんが、いっぱい注がれて……ママ、幸せ……幸せよぉ……あはぁぁ……」

紗莉香は蕩けきったアヘ顔を晒して、ぐったりとなってしまう。艶光りするラバー肌に両手足の蹄というポニースタイルが、紗莉香のイッた姿をいっそう妖美に彩っていた。

「ママ、まだ終わらないよ……僕が満足できてないからね……」

瑞希は雄棒を引き抜き、紗莉香を横長のベンチの上へ寝かせた。

「え、ど、どうするの……？」

「ママはお尻も好きだったよね……だから、こうして、おま×こも、お尻も責めてあげるよ。んんッ……」

彼の手が紗莉香の太腿にかけられると、そのまま片足を大きく引きあげられる。

「あ……今は、まだ、ダメ……や、やあッ……」

股根が露出し、恥部が大きく晒されると、先ほどまでペニスを咥えこんでいた秘所がまる見えになってしまう。ピストンで拡張された姫孔は雄根の太さにぽっかりと口を開いていて、内奥から吐きだされた白濁をだらりと垂れ流していた。

「あ、せっかくの瑞希くんが、零れちゃう……」

「またすぐに出してあげるから……大丈夫だよ、ママ……」

瑞希は紗莉香の脚を肩に担いで、その股座を強制的に割り開かせると、尻孔に挿入された尻尾プラグを勢いよく引き抜いた。

「……ん、んおおぉぉ……お、お尻のプラグ、ぬ、抜いちゃうの……」

「抜いてほしくなかったの？」

「え、あ……それは……でも、今、お外で抜かれたら、お尻の中がす～す～して、へ、変な感じで……」

　アナルに栓をしていたプラグ先は透き通った腸液でぬめっていて、肛門に突きこまれたそれで感じてしまっていたことは明らかだ。プラグを咥えていた尻の窄まりは緩みきっていて、腸内の禁域がいやらしく覗いていた。

「ママの後ろの穴、奥までしっかり見えて、エロすぎだよ……」

「……あん、そんなところまで見てはダメ……ん、んんッ……いくらお馬さんの気分でも、あううッ……は、恥ずかしいわ……」

「でも、ママのここは、しっかりほしがってるみたい。アナルの内側がヒクヒクして、はしたなさすぎだよね……それで、どうしてほしいの？」

「き、聞かないで……も、もちろん、し、して……お尻にもほしいの……瑞希くんのオチ×ポで、奥までずぼずぼしてぇッ！」

「わかったよ……じゃあ、僕のチ×ポ、入れるよ。んんッ……」

　瑞希は精液まみれの剛棒を、紗莉香の菊座へずぶぶと挿入した。亀頭にねっとりとコーティングされた子種が潤滑油になって、腸奥まで一気に潜りこむ。尻蕾を雄根で拡張される感覚に、紗莉香は目を大きく見開きながら必死で耐える。怖気とそれ以上の肛姦でしか得られない淫悦が、身体の芯を貫いた。

「……あお、あおおッ……お尻にも瑞希くん、素敵ぃぃ……おふッ、おふぅッ……」

ただ瑞希は直腸に怒張を押しこんだままで、まったく動く気配はなかった。

紗莉香は脚を瑞希の肩に担がれた不安定な状態で尻孔を貫かれて、晒された鼠径部に瑞希の欲情した視線が注がれていた。

「ねえ……瑞希くん、動かないの？　お尻に入れられたまま、放置されてたら……切なくって……ママ、おかしくなっちゃいそう……」

「ふふ、アナルファックをおねだりだなんて、どうしようもないビッチになっちゃったね」

「……う、うう、ママは、び、ビッチなの。アナル責めをほしがっちゃう、いやらしいメス馬なの……だからして。後ろの穴もめちゃくちゃに犯して、瑞希くんのオチ×ポでぐちゅ混ぜしてぇッ！」

「もちろん、ママの願い、叶えてあげるよッ……んッ、んんッ、んうぅッ！」

紗莉香の淫らなおねだりに応えて、瑞希は腰を遣いはじめた。すでに拡幅されている腸孔はぬめった粘音をたてながら、スムーズに屹立のピストンを受け入れる。

「お、おお……んおおッ……お腹の中、瑞希くんのオチ×ポに、ぐちゅぐちゅされてぇ……いい、いいのッ……ママっ、気持ちいいのぉ、おほぉぉッ！」

互いの下腹部を打ちつけあうたびに、ぬぷぬぷとペニスが腸腔をかき回す音が鳴る。紗莉香の淫蕩な直腸は透明な腸液を溢れさせながら、抽送されるたびに腸壁をビクビクと妖しくうねつかせて、屹立へ絡みついた。

「あひ、あひぃぃ……あお、あおおぉ……クるッ、クるぅぅッ……気持ちいいの、めちゃくちゃにきてるぅーッ、んおッ、んおおぉッ……」

禁じられた悪魔的な悦楽が背すじを幾度も衝き抜けて、脳天で弾けた。

──やっぱりいい、いいのッ。私、大人なのに、瑞希くんの手本にならなきゃいけないのに……アナルを掘られて……マゾの悦びしちゃってる……。

紗莉香はケダモノのような雄叫びをあげながら、四肢をビクつかせて肛姦の淫悦に耽溺しつづけた。

「おう、おうふぅぅ……私、もう、らめぇ、らめなのぉッ！　お尻、めちゃくちゃに貫かれながら、クるッ……きひゃうぅッ、大きいアクメに身も心も、全部ッ、呑まれひゃうぅぅッ！　んふおおぉ──ッ!!」

もはや、尻孔ではしたなくアクメをキメることしか、紗莉香の頭にはなかった。メスの獣欲を剝きだしにして、悶え吠えつづけた。

そうしてあとひとストロークで絶頂というところで、瑞希は雄竿を引き抜いた。

高く張ったエラ先に引っかけられた腸壁が妖しくはみだして、瑞々しい尻粘膜を夜の冷たい外気に晒した。

「……はひぃぃ、や、やめちゃうの、瑞希くん……そんな、あんまりよぉ……ママ、あとちょっとでぇ……あとひと突きで、気持ちよくなれるところだったのに……あふっ、はふぅぅ……」

紗莉香は剝きだしの下腹部を揺さぶり、腸液と愛液を同時に垂れ流しつつ、激しくおねだりしつづけた。

身体はペニスを、あと少しのアナル絶頂を求めて妖しく疼き、火照りがますます強くなっていく。

——お尻の穴と、おま×こを晒しながら、オチ×ポ求めちゃうなんて……こんなメスに堕ちてしまったのね。ああ、ごめんなさい、瑞希くん。でもほしい、ほしいの。あなたの若くて逞しいオチ×ポで貫いてほしいのッ……。

瑞希の秘刀は最大限に勃起しきっていて、下腹部を叩かんばかりの優美な反りを描いていた。

切っ先からはカウパーがだらだらと滴り、それと腸液で刀身は艶然と濡れ光っていた。そうして紗莉香に入れたいとばかりに、切なげなヒクつきを見せるのだった。

爆ぜる寸前の怒張を目の当たりにして、紗莉香は劣情の焔に全身を灼かれてしまう。理性も判断力も、女としての恥じらいもすべてなくして、紗莉香はケダモノのように下腹部を晒しつつ、挿入を熱烈に求めた。

「い、入れて……ママのお尻も、おま×こも、めちゃくちゃにして。どっちもほしくて、我慢できなくなっちゃってるの……二穴でおねだりだなんて、こんなビッチすぎるママを許して……でも、もう限界なのッ！」

「ケダモノみたいにほしがるママ、よすぎだよ……僕も二穴を責めてあげるつもりだったけど、ママから求めてくるとは思わなかったよ……」

瑞希は先走り液をびゅくびゅくと軽く噴きあげつつ、紗莉香の二穴へ狙いを定めた。

「き、きて……おま×こでも、アナルでも、どっちでもほしい……オチ×ポ、ほしいのぉッ！」

彼女はベンチに横臥《おうが》した状態のままで、関節が外れそうなほど大きく太腿を開く。そうして生々しくさらけだされた自らの二穴を供物《くもつ》として瑞希へ丁重に捧げた。

「最高のおねだりママだね……それじゃ、ママを壊れるぐらい愛してあげるよ……んんんッ！」

瑞希の剛棒はまずおま×こに突きこまれる。果てて敏感になったそこが再び攪拌して、紗莉香は絶頂へと押しあげられていく。

「あう、あうう、んふううぅ、お、おま×こ、いい、いいのぉ……ポルチオも、Gスポットもいっぱい責められてぇ……ママ、い、イグ、イグぅぅ、おま×こで、気持ちよくなるぅ……あ、ああ……ど、どうして途中でやめるの……」

愉悦の極みに達する寸前で、瑞希はまた幹竿を引き抜いた。彼の残酷な寸止め行為に、紗莉香は恨めしげな眼差しを向ける。

「……だって、どっちかだけでイっちゃったら、面白くないよね？　今度はお尻だよ……んんッ」

太幹で拡張されきった尻孔へペニスが突きこまれ、激しい抽送が加えられた。張ったエラに腸壁が妖しく押し拡げられて、強烈な異物感が下腹部を襲う。同時に肛姦のぞくぞくするような歓喜が背すじを駆けあがっていき、その凄まじさに紗莉香はケダモノのような雄叫びを漏らしてしまう。

「おふ、おふぅぅ、ふおおぉ……そんな、あんまりよ……イカせて、イカせてぇッ……おま×こでも、アナルでも、どっちでもいいからぁ……アクメしたいの、絶頂したいのぉッ、おほぉぉ、んお、んおおッ……」

「お尻も、すぐにイキそうだね……じゃあ今度は、おま×こだよッ！」

瑞希は直腸が裏返りそうなほどの勢いで雄槍を引き抜くと、再び姫孔を貫いた。一気に膣奥まで襲い子宮口を割り開いて、子宮頸をピストンで拡幅していく。

「ひぐ、ひううッ、ひぐうぅぅ……ママの子宮、お、犯されれ、い、イグ、イグぅぅ、アクメするぅ……もう、させてぇーッ！」

「まだ、終わらないよッ！　僕が気持ちよくなるまで、ママを焦らしてあげるから……」

瑞希は再び膣からペニスを抜き、そのまま直腸を貫いた。

「あおおッ、お、おお、おほおぉぉ……お尻の奥、当たってぇ、んお、んおお、子宮に響いて、い、イグ、イグぅぅ……」

「んんッ……このあたりだと、子宮まで一緒に感じさせられちゃうんだね……くうッ！」

屹立は腸液を飛び散らせながら、腸腔を攪拌してS字結腸を幾度も叩く。紗莉香はアナルと子宮を同時に感じさせられて、エクスタシーへと飛翔しつづける。

昇天寸前でピストンは止まり、果てられないままに今度は膣から子宮が責められる。

「ふひ、ふひぃぃ……前と後ろから交互に子宮、感じさせられてぇ……ママ、こ、壊れるぅ、気持ちよすぎて、本当に壊れてしまうぅぅ……このままなんて、た、耐えられないのぉ……」

紗莉香は快楽漬けのまま、二穴交互責めの焦らしで、絶頂だけはお預けさせられていた。果てそうで果てないもどかしさが延々と続き、紗莉香を責め苛んだ。

「お願い、い、イカせて……イカせてぇ、瑞希くん……ママは、どうしようもないビッチで、ケダモノ以下のメスなの……だから、瑞希くんのオチ×ポで、気持ちよくさせてぇーッ！」

「いいよ、ほら……これで、イってよッ！」

瑞希の剛棒はアナルにまた潜りこみ、そのまま腸奥を幾度も抉る嵐のような抽送が続いた。

つるつるの腸壁が雁首のエラに擦られて、排泄にも似た愉悦が幾度も紗莉香を襲い、そうして切っ先が直腸の底へ当たるたびに、子宮が禁忌《きんき》の悦びに震えた。

「お、おお、おんおほぉぉッ！　い、イグ、イグイグイグぅぅ、ママ、あ、アクメするぅッ！　赤ちゃんのお部屋で、気持ちよくなっひゃううッ！　お、おお、おほぉッ……おっほぉおおおぉぉ──ッ!!」

激しい二穴ピストンの末に、紗莉香は子宮でこれ以上ないほどの盛大なオルガスムスを迎えたのだった。

瑞希は射精寸前の屹立を勢いよく引き抜くと、アクメで女体を震わせているポニースタイルの紗莉香へ、その砲口を向けた。

「んんッ……うう、じゃあ、ママ、出すよ！　僕の精液、身体中にぶっかけしてあげるねッ……くうううッ!!」

砲身の妖美な震えとともに、びゅぐんびゅぐんと精粘液が弧を描いて噴きあがり、紗莉香の身体に着弾した。

「あんッ、瑞希くんの精子、い、いっぱい身体にかかって……あふ、あはぁぁ、んはぁぁ……すごい、すごいの……」

白濁液のシャワーが次々と紗莉香に降り注いで、黒ラバーで包まれた身体を白く染めていく。

粘汁がポニーの手足や束ねられた髪を濡らし、顔も身体も生殖液まみれになってしまう。横たわったベンチにも精は滴り落ちて、紗莉香は種付液の湖に浸かっているみたいだった。

そうして下腹部の二穴は未だにぽっかりと開ききって、アクメの余韻に震えていた。

「ママのおま×こも、アナルも……瑞希くんのオチ×ポの形、お、覚えちゃって、元に戻らないのぉ……あひ、あひぃ、それにお馬さんの身体もザーメンで、どろどろのでろでろにされひゃって……あ、ああ……匂いも、感触も、一生取れないかも……」

身体中を瑞希の粘濁液まみれにされつつ、紗莉香はその悦びのあまりに惚けきった美貌を晒した。そうしてビッチなポニースタイルで白濁にまみれるというありえないシチュエーションに、激しいマゾの悦びを覚えてしまっていた。

「僕の精液が大好きなんだね、ママ……いいよ、もっとたくさん、プレゼントだよッ……んうッ、んううぅッ！」

瑞希はそり返ったままの太幹を扱きたて、さらに多量の樹液を放出させた。濃厚な粘塊がびしゃびしゃと紗莉香に浴びせられて、息ができないほどの精臭に包まれた。肺一杯に甘い香りを吸いこみ、呼吸器まで彼に汚されている想像で、背すじがぞくぞくと震えた。

「はふ、はふぅぅ……せ、精液の匂い、すごくって……ダメ、ダメぇ、気持ちよくなってきてぇぇ……い、イクぅ、イクぅぅ――ッ、んっはぁああぁぁッ!!」

紗莉香は子種の海に溺れながら、ポニー拘束された四肢をビクビクと引き攣らせて絶頂した。

――ママ、瑞希くん色に染められて、幸せよ……絶対に瑞希くんのこと、忘れないから……あ、ああッ、あはぁぁーッ！

紗莉香はさらに軽いエクスタシーを幾度も感じながら、頭の中を歓喜で白く塗りつぶされていく。そうして薄れゆく意識の中で瑞希のことを思いつづけるのだった。

＊

翌朝。陽光が部屋を明るく照らしていて、昨日の淫靡なプレイがまるで幻のようだった。

あのめくるめく夢のようなひとときが現実にあったということを、部屋の隅に立てかけられた乗馬鞭が教えてくれていた。

二人は朝食を食べると、残された時間をソファでリラックスしたまま過ごした。お互いに黙ったままで、あっという間に別れの時間が迫ってきた。

「じゃあ、瑞希くん……そろそろ……」

「そうだね。お仕事の時間だもんね……」

「ごめんなさい……もう少し、ゆっくりできればいいんだけど……」

話しながら紗莉香は涙声になっていた。彼女はハンカチで目許を押さえながら後ろを向いてしまう。

そのまま支度を済ませて、紗莉香は玄関へ向かった。

「見送りはここでいいわよ……その、つらくなっちゃうでしょ……」

「そうだね……あ、ママ……じゃなくて、紗莉香さん……ありがとう……」

紗莉香さんという呼び方が妙に慣れなくて、瑞希は照れながらつづけた。

「こっちに来て、大学も一人暮らしも初めてで、すごく心細かったんだ……だから来てくれて、本当にうれしかったよ……」

「それは私も同じよ……瑞希くんと出会えて楽しかった……え、エッチなこともいっぱいしたし……」

そう言うと、紗莉香は真っ赤になって少し俯いた。瑞希も昨日のポニープレイがまざまざと思いだされて、ドキドキしてしまう。

目の前の綺麗で貞淑な雰囲気の紗莉香が、あんな淫らな行為につきあってくれて、青姦までしてくれたとは信じられなかった。

「ごめんなさい……最後なのに、変なこと言っちゃって……それじゃあ、瑞希くん。お別れは笑ってしましょう……」

紗莉香はバッグからクマのハンドパペットを取りだすと、それで瑞希の頭を柔らかく撫でてくれた。

「んふふ、クマさんも……もちろん私も、瑞希くんのこと、大好きだから……ずっといっしょにいたかったわ……」

「僕も、紗莉香さんのこと好きだ、大好きだよ……」

瑞希は玄関口で感極まって、紗莉香を抱きしめる。

彼女も瑞希を強く抱き返してくれて、ずっといっしょにいたいという言葉が本当だと確かに伝わってきた。

「それじゃ、瑞希くん。バイバイ……」

ハンドパペットのクマと紗莉香は、その手を愛らしく振りながら、にこりと微笑んだ。

「でも……さ、紗莉香さん、やっぱり――」

瑞希が手を伸ばそうとすると、いけないとばかりにかぶりを振った。そうして瑞希に背を向けると、溢れる嗚咽を押し殺すようにして、部屋から出ていった。

ドアは開いたままで、隙間から冷たい朝の空気が流れこんできていた。

「行っちゃった……」

放心状態の瑞希は誰に言うでもなく、そう呟いた。

紗莉香のいなくなった部屋は、やけに広く感じられた。ソファも家電もカーテンも、何もかも彼女と二人で選んだものだ。

部屋のそこかしこに紗莉香の息遣いが感じられたが、その彼女は瑞希の許からもういなくなってしまったのだった。

——ママ、いや紗莉香さん……僕、あなたのこと、あきらめたくないよ……。

瑞希は失った存在の大きさを、改めて思い知らされるのだった。

エピローグ

——四年後。

大学を卒業した瑞希は、そのまま道内の企業に就職した。

勤務先は大学の近くで、引っ越すこともなく生活環境もそのままだ。

そうして仕事にも慣れてきた五月初めのある日、瑞希は仕事を定時で終わると、自宅近くの公園へ向かった。

日は沈み、あたりには夜の帳《とばり》が降りはじめていた。公園の桜は今年も鮮やかに咲き誇っていた。

少し強めの風が吹いて、満開の桜の枝が大きく揺さぶられる。葉や枝のこすれた音が静かな園内に響き、散った桜の花びらが高所から儚げに舞い落ちてきた。瑞希はそれらに目を奪われてしまっていた。

するとふいにすぐそばで人の気配がした。

「瑞希くん……よね……？」

聞き覚えのある優しい声がかけられて、瑞希は声の主を見た。

「来てくれたんだね……」

立っていたのは紗莉香で、四年前と変わらない、柔和な笑顔を浮かべていた。

ふわふわした水色セーターの胸元は艶っぽく盛りあがっていて、溢れんばかりの母性が全身から匂いたっていた。

「うん……連絡くれたとき、うれしかった……」

紗莉香が感極まって二、三歩近づいてくると、秘められた双爆がぷるんと震えた。

押し詰まった乳塊の量感を感じ、そこにどうしても惹きつけられてしまう。彼女も瑞希の舐めるような視線に気づいたのか、抗議の目を向けてきた。

「もう、瑞希くん……胸、見すぎよ……久しぶりに会ったのに……」

「ごめん、つい……ママ、全然変わらないよね……」

「ふふ、おめかし頑張ったもの……」

少し脇を向く紗莉香の頬はほんのりと朱に染まっていて、ずっと見ていられそうだ。

カールがかかった長めの髪もそのままで、わずかに覗く耳先が愛らしかった。

「働きはじめたら、すぐに連絡するつもりだったんだけど、余裕がなくて……」

「いいのよ、事情はわかるわよ……私も働いているから。大変でしょ？　社会人」

「うん。想像してたのと、全然違う……」

「でも、瑞希くんは大人になったわよね……男の子って変わるのね、ふふ」

紗莉香の手が瑞希の腕に伸びると、そのまま二の腕をさすった。瑞希も紗莉香の腰に手を伸ばし、そのまま彼女を抱き寄せてしまう。

「あ……み、瑞希くんッ……」

紗莉香の吐息を感じながら、瑞希は彼女をじっと見つめた。

「ママ……いや、紗莉香さん。僕と、つきあってほしいんだ……」

「私でいいのかしら？　レンタル義母じゃなくて、恋人ってことよね……」

「もちろんだよ。それは……たまにはママみたいな、エッチもしてほしいけど……」

瑞希はいったん言葉を切ると、紗莉香の顔に手をやった。彼女は何の抵抗を見せることなく、熱く潤んだ瞳を向けてくる。

「僕も学生じゃないし、負担はかけないよ。紗莉香さんの返事を聞かせてよ……」

唇はキスの距離のままで、熱い呼気が互いの唇を妖しく嬲っていく。

「私のお返事は……これよ、んんッ……」

紗莉香はぷっくりと膨らんだ唇を、瑞希へそっと押しつけてきた。彼女の温もりが濡れた舌先とともに潜りこんできて、瑞希は面食らってしまう。

「んふ、あふぅ……紗莉香さん、いきなりすぎだよ……」

「だって、だって……好きだったけど、もう諦めてたのよ。ああッ、好き、好き、大好きよ、瑞希くんッ……んちゅ、ちゅぶッ、あふぅ……」

紗莉香のキスに、瑞希も積極的なキスを返した。舌同士が軟体動物の交尾のように絡みついて、唾が淫らな音を奏でた。

頭の芯が口づけの甘さで溶けて、流れだしてしまいそうだ。

夜風が抱きあう二人を軽く嬲り、満開の桜の枝を揺らしていく。

桜吹雪があでやかに舞い落ちるなか、四年間の空白を埋める濃密な接吻は、終わることなく続くのだった。

＊

再開した瑞希と紗莉香は、以前にも増して甘く淫らな関係となった。

ときに母子のように、そしてときに恋人のように、熱い逢瀬《おうせ》を重ねる日々が続いた。

子宝にも恵まれて、二人は結婚することとなった。

そうして結婚式の準備で少し忙《せわ》しなくなりはじめた、ある休日の昼下がりのこと。

扉が開いて、奥で着替えていた紗莉香が声をかけてきた。

「ねえ、瑞希くん……ちょっと、いいかしら？」

「どうしたの？」

振り返ると、そこには純白のウェディングドレス姿の紗莉香が立っていた。

両肩の露出した色っぽい雰囲気に、腰から太腿にかけての曲線が綺麗に出た、いわゆるマーメイドラインのドレスだ。

「ふふ、どうかしら？　お腹も大きいから、ちょっと不安になっちゃって……」

「大丈夫。紗莉香さん、綺麗だよ……」

紗莉香のドレス姿に、釘づけになってしまう。

あでやかなシルク生地が紗莉香の身体をぴったりと包みこんでいて、高く張った双乳を柔らかく上品に見せていた。

そうして柔腰の括れからお尻の張りだしのむっちり感が、ドレスでいっそう強調されていて、その秘められた淫蕩さに思わず息を呑むほどだ。

——むちぷり感がすごくいいよね……それに妊婦さんのお腹って、こんなに大きく張ってくるんだ……。

紗莉香の膨らんだ腹はウェディングドレスのシルク生地に包まれて、柔らかく優美な雰囲気を漂わせていて、幸福の象徴という感じがした。

彼女はシルクグローブを履いた手を、膨らんだ下腹部に愛おしげに当てた。瑞希もまた、紗莉香の下腹をゆっくり撫でさすってやる。

「んふふ、瑞希くんが撫でてると、なんだか手つきがいやらしいわね……セックスのときと同じ触り方だもの……」

「そんな、ひどいよ……でも、紗莉香さん、綺麗だよ。すごく魅力的で……」

瑞希はそのまま紗莉香を抱き寄せると、首筋にキスした。そして唇を、剝きだしの肩口やデコルテへ捺《お》していく。そうしてドレスの胸元をずらして、たわわな乳塊を露出させた。

「あんッ、み、瑞希くん……もう、ダメ、ダメよぉ……あふ、あくぅ……」

「妊娠して、また大きくなったね、紗莉香さんのおっぱい……本当にママらしくなってきたね。んちゅ……ちゅぱ、じゅぱッ……」

目の前にある水蜜桃のような瑞々しい乳房に、思わずむしゃぶりついてしまう。

「んふ、くふぅ……す、吸わないで……そんなにされたら、感じてしまって……私も歯止めが利かなくなっちゃうわ、あ、あんッ……」

「いいじゃない、今日は休みなんだから。ゆっくり、エッチなことしようよ……」

「でも……結婚式の準備もしないと……ん、んうう……あふぅぅ……」

瑞希が左右の乳峰を吸いたてて、その乳袋を根元からむにゅむにゅと揉みしだくと、内に溜まった母乳が滴り溢れだした。

「さすがに妊娠してると、ミルクの出具合が違うよね……んじゅう、じゅるッ、ぢゅるッ、んぢぅ、んぢゅううぅぅッ……」

「あひ、あひぃぃ、おっぱい……す、吸われて……もう、赤ちゃんのものなのよ……瑞希くんが吸っちゃったら、あはぁぁ、子供にあげられないわ……あふぅ……」

「でも、まだ今は生まれてないんだから、いいよね……紗莉香さんの、奥さんのおっぱい、たくさんもらっちゃうね、んぢぅぅッ……」

啜り音を立てながら、瑞希は乳先から溢れるシロップを啜り飲みつづけた。ほのかな甘みとまろやかなコクに、完全に心を奪われてしまっていた。

「もう、仕方のないパパね……んう、んうう、そんなに揉まれたら、お乳がおっぱいに溢れてぇ……あふぅ、んんッ……」

紗莉香は胸を淫らに震わせ、自ら両手で乳房を根元から搾りだす。蜜乳が乳嘴から
びゅくびゅくと噴きだして、瑞希の口腔を潤した。その幸福の味に耽溺して、瑞希は
ますます乳房を揉み吸いたてた。
「くひ、んいい、あひぃぃ……っ、強く揉まれてるのに、胸ぇ、だんだん、感じてき
て、んひッ、んうぅッ……」
紗莉香自身も乳房を揉まれ吸われることに感じて、蕩けきった嬌声をあげながら、
ドレス姿のまま瑞希へ生乳房を完全に預けてしまう。
瑞希は紗莉香の乳房を両手で弄びつつ、その乳汁をぢゅるぢゅると水音をさせて吸
いたててやる。彼女は生々しい飲乳に激しく感じながら、それから逃れるように後ず
さる。次第に彼女は奥の部屋の中へ追い詰められていった。そうして二人は、ベッド
の脇で立ったまま乳繰りあい、乱れつづけた。
「紗莉香さんのおっぱい、揉むほどにお乳が溢れてきて、すごいよね……本当にママ
になる準備をしてるんだね……ママがママになっちゃうなんて、うれしいような、寂
しいような、不思議な気分だよ……」
「あふ、あふぅ……そうね、瑞希くんも、もうパパになるのよね……んひ、あひぃ、
ほら、の、飲んで、ママのミルクをたらふく飲んで、立派なパパになって……」

「ああ、わかったよ。紗莉香ママの母乳、全部、もらうよ……んぢゅるッ、じゅるるッ、ぢるッ、んぢぅぅッ……んくぅ、んくんく、んくくッ……」

膨乳を根元から搾りたてて、湧きだすフレッシュミルクを嚥下していく。

荒々しい搾乳の連続に、紗莉香の悦びはますます開発されて、背すじを優美にそらせながら放乳の歓喜に身悶えした。

「んひ、んひぃ、んおおッ……お、おっぱい搾られてぇ、じゅるじゅる啜り飲まれて、き、気持ちよくなっひゃぅッ！　んひ、んひぃぃ、んっいいぃーッ!!」

瑞希の乳搾りに軽く達しながら、紗莉香は身体を預けてきた。そうして二人は、もつれるようにしてベッドへと倒れこんだ。

「はぁ、はぁ……瑞希くん、おっぱい吸うの激しくて、素敵ぃ……あふ……」

抜けるように白い半球形の豊乳をぶるぶると震わせながら、紗莉香は蕩けきった表情を見せる。口許は妖しく緩んで、胸元は荒い息遣いで忙しなく上下していた。

発情しているのは傍目にも明らかで、ドレスのスカートの奥はぐしょ濡れだろう。

「ほら、紗莉香さん。セックスの前に、あれをお願い……」

「わ、わかったわ……あれをすればいいのね……したら、い、入れてね……私の中をめちゃくちゃにして、メスにしてちょうだいッ……」

「ふふ、妊婦になっても、おねだりは相変わらずなんだね……」

「だって……赤ちゃんが安定期に入るまでは、セックスもご無沙汰だったし……落ち着いてからも、瑞希くんから何もしてくれないんだもの……身体が疼いてしまって、毎晩オナニーに耽ってしまったの……」

紗莉香は自らの痴態を告白し、顔を真っ赤に染めた。

「正直だね、紗莉香さんは……わかったから、ちゃんと僕のチ×ポをあげるから、さあ、あれをして……」

瑞希に促されて、紗莉香はウェディングドレスの裾を大きくずりあげていく。

そうして両腿から、下腹部までを大胆に露出させた。

紗莉香の下肢はシルクのガーターストッキングで上品に包まれていて、ストッキングの端の柔腿へのほどよい喰いこみ具合が、大腿部の熟れぶりを強調していた。

股間を包んだレースのショーツは絹地の上品な光沢を見せていたが、そのクロッチは濡れて淫靡な染みが少しずつ広がっていた。

「ぬ、脱ぐの恥ずかしいけど……でも、私、もう限界……」

紗莉香はガーターベルトの上から履いていたショーツを脱いで、ぬかるんでふやけきった秘所を瑞希へ晒した。

彼女は美貌を発火しそうなほど赤らめながら、太腿を引きあげてM字開脚する。両手で自身の両腿をさらに大きく割り開いて、淫靡なブリッジをしながら、濡れた叢に覆われた恥部を瑞希へ迫りださせた。

「瑞希くん、お願い……私のあそこを、ま、ママのおま×こを存分に使って……オチ×ポで、ビッチなおま×こをぐちゅ混ぜにしてぇッ！」

緩みきったクレヴァスを瑞希へ晒して、両腿を自ら引きあげて手で固定して、紗莉香はいきりの挿入を求めた。

瑞希が躾けた、おねだりのポーズだ。

膣孔を瑞希へ捧げ、彼にされるがままに凌辱されて、ラブグッズ扱いされることが、紗莉香のマゾ性癖を深く満足させた。

「やっぱり、最高のおねだりだよね……ボテ腹で赤ちゃんまで中にいるのに、大股開きでおねだりのポーズ、たまらなく興奮するよッ……」

瑞希は最大限に勃起した剛直を膣口にあてがうと、浅く掻き混ぜてやる。

ぐちゅぐちゅと溜まった愛液が雁首に絡む音が響き、緩みきった秘裂からは、溢れかえった果汁が垂れ流されていた。

「あぁッ、オチ×ポ、チ×ポぉッ。も、もっとぉッ！　手前だけじゃなくて、奥もほしいのッ！　瑞希くん、ママを、ママオナホを使ってぇーッ！」

「わかった、使わせてもらうよ……んッ、んんッ！」

噎せ返るようなメスの濃厚な香りを楽しみながら、瑞希は怒張を奥へ潜りこませた。

久々の挿入に雌孔は悦び、亀頭に艶めかしく絡みついてくる。

瑞希は吐精衝動を堪えながら腰を振りたてて、紗莉香の孕みマ×コを掻き回した。

孕んでやや下がった子宮で、膣奥は狭く引き締まっていて、まるで処女の紗莉香を犯しているかのような遣い心地だ。

「ぐ、ぐう、んうう……ママの中、さすがだね……す、すごいよ、締めつけも、吸いつきも、妊娠して、ますますよくなってる……さ、最高の名器だよッ、んううッ！」

「んひ、んひぃ……み、瑞希くんに悦んでもらえて、ママ、う、うれしいッ……あひ、あひぃ、も、もっと奥も、ポルチオも来てぇ……妊娠してるのに、子宮、か、感じるぅ……こんなに感じるなんて、し、知らなかったぁッ！」

紗莉香は膣をめちゃくちゃに攪拌され、膣奥を幾度も抉られて、嬌声をあげつづけた。ガーターストッキングに包まれた生腿を震わせながら、M字開脚で悶えた。

はしたなくメスの性欲のままにペニスを受け入れて、壊れたジュースサーバーのように愛液をとめどなく噴きだす様から、悦楽の極みが近いことが伝わってくる。

同時に、孕んで狭くなった膣奥の小部屋で瑞希の屹立の首根を妖しく扱きたてて、精を搾ってくる。精嚢が引き攣り、竿胴の半ばまでマグマが迫りあがってきた。

「う、うう……ママの中、本当にすごいよ……でも、もう少し楽しませてよ」

射精欲求を押し殺しつつ、彼女の熟れた双椀の張りと柔らかさに耽溺する。

腰の動きを緩めて、吐精直前の心地よさに浸りながら紗莉香の母性に甘えた。彼女も瑞希のことがよくわかっていて、吸いやすいように乳房を前へ迫りださせた。

「ほら、飲んで……瑞希くんに、お乳をちゅぱ吸いされながら、おま×こ、突きまくられるの好き、大好きぃ……身体中で感じて、アクメする……授乳アクメしちゃうッ！」

「僕も、ママに甘えながらのセックス、すごく大好きだよ、んんッ……この調子だと、生まれる子供よりもミルク飲んじゃうかもね、んふ、んうう……」

豊かな乳房の谷間に顔をプレスされて、窒息しながら甘い乳の香りを楽しんだ。

そうして左右の乳球から噴きだす蜜乳を啜り飲み、舌の上でぽってりとした乳頭を転がして、そこからじんわりと滲む乳汁を堪能した。

瑞希は乳根から乳先までを幾度も揉み、搾って乳腺を刺激する。濃厚な蜜乳が乳房への責めでさらに分泌されて、膨乳内にたっぷりと溜まっていった。

「くひ、んひぃぃ……おっぱい出したい、出したいのぉ……このまま溜まりっぱなしだと変になる、我慢しすぎで、ママおかしくなっひゃうぅぅ……」

乳房を責めつづけるだけで生成される、母乳を吸わずに乳袋へ溜めこみながら、瑞希は怒張の抜き挿しを加速させていく。

結合部は淫水が飛沫となって飛び散り、雁首のエラに掻きだされた愛液が多量に溢れて、シーツに水たまりを作った。

「あん、あんんッ、お、おま×こも、また、ずぶずぼされてぇ……んひ、んひぐぅ、奥に当たって、急に激しくされたらぁ、子宮に響いてぇ、す、すごいのぉッ……赤ちゃん、お、起きちゃうからぁ、ひう、ひぐぅぅ……」

「んッ、起こさないように、気をつけるよッ！　でも、手加減できないかも……ママのおま×こ、精液をほしがって、うねうねしてるよ、くう、くううッ……」

瑞希は紗莉香の膣の蠢きに翻弄されて、射精欲求を抑えこむので精一杯だった。

──妊娠して、ボテ腹でママのおま×こ、最高になったよね……ママのおま×こ、どこまでエッチになっちゃうんだろ。

二人目、三人目の子供できたときが恐ろしいと、瑞希は思う。

瑞希は彼女の蜜孔の淫らな吸いつきに引きずられるようにして、幹竿のピストンを加速させていく。

膣底を激しく叩いたお返しに、最奥部の秘環が陰嚢から精汁を引き抜こうと、強く亀頭先に吸いついてくる。

「くう、くううッ、もう止まらないよ……思いきり行くからねッ！」

「うん、きてぇ……めちゃくちゃにしてッ、ママを壊してぇーッ！　私、もうイグっ、イグぅう、イグのぉッ……おふ、おふぉぉ、イグイグイグぅッ、イグぅぅ……」

「じゃあ、これで、イってよッ！　んうううぅ――ッ!!」

瑞希は子宮口を割り開かんばかりに切っ先を突きこみ、沸騰した精粘液の奔流を凄まじい勢いで迸らせた。

「ひ、ひう、ひうぉ、ひおぉぉ……熱くていっぱいの精液、し、子宮にまで流れこんできてぇ……に、妊娠してるのに……おう、おふぅぅ……ママなのに……ひぁッ、ひぁあんッ！　また孕むぅ、ママになっひゃうぅーッ……あえ……あええ……」

夥しい量の白濁斉射を受けつづけて、膣も子宮も下腹部の女性器がすべて、甘く溶かされていく。

孕み腹に多量の精を流しこまれて、下腹部がさらにキツく張った。

紗莉香の絶頂の弓は限界まで引き絞られて、女体は果てたいと悲鳴をあげていた。

紗莉香は脂汗を流しながら腰を打ち振って、狂おしげにエクスタシーを求めた。

だが瑞希は膣奥に雄根を突きこんだまま動かず、生殺しのまま彼女を焦らした。

「……み、瑞希くんッ……い、イカせてぇ……あ、アクメさせてぇ……」

「ママ、まだイケないんだね……前は射精だけですぐに絶頂できたのに……んんッ」

瑞希は秘壷の奥へと腰をゆっくり前後させつつ、さらに熱汁を吐きだした。追加射精の愉悦に耽溺しながら、乳房をねっとりと揉み捏ねていく。膣内はピチピチと暴れる種付液で満たされて、そのまま再妊娠してもおかしくない状況だ。

引き延ばされるクライマックスに耐えきれず、紗莉香は半裸の肢体を妖しく跳ねさせて悶えつづけた。

「い、イカせて……瑞希くん……ママを、い、イカせてぇ……思いきり、あ、アクメして、何もかも真っ白にしてぇーッ、お願い、お願いよぉッ！」

紗莉香は乳汁をたっぷりと溜めこんだ胸元の双塊をぶるぶると震わせて、絶頂をせがみつづけた。蜜は乳芯から湧きだして、生白い巨峰を河となって滴り落ちていく。

「それじゃ、これで気持ちよくなってよ……」

瑞希は孕んで肥大化した爆乳の根元に、手指を潜りこませる。

「ママ……おっぱいでイカせてあげるからッ！」

はち切れんばかりに膨らんだ両方の乳房を、同時に根元から力の限り搾りあげた。

「おう、おうう、おふぅぅ……胸の奥から熱々のミルクぅ、いっぱい溢れてきてぇ……ママ、おっぱい出る、出てしまうのぉッ！　んおお、んおほぉおぉ――ッ！」

紗莉香は弦《つる》から放たれた矢のように、一直線に官能の頂点へと到達する。

そうして双乳を上下に大きく戦慄かせながら、開ききった乳先から高粘度の淫乳を高々と噴きあげさせた。

「濃厚な、プリップリの母乳、ぶりゅぶりゅぅっれ、噴きだしひゃううぅぅ――ッ！　お、おお、おほぉ……おっふぉおおおぉ――ッ!!」

噴射される乳汁の勢いはさらに増し、射乳の悦びに理性も何もかも奪われる。紗莉香は法悦の濁流に呑まれながら、首をいやいやと左右に振って、整った髪を振り乱しつつ身悶えした。そうして麗しい姿態のままに美しい一匹の禽獣と化して、淫蕩な叫びをあげつづけた。

天高く舞った蜜乳の放水は優美な弧を描きつつ、瑞希の顔や身体に降り注ぐ。

甘い淫乳のシャワーを浴びて、噎せかえるような甘い香りで肺を満たしながら、瑞希は腰をぶつけた。同時に、お乳で張り詰めたバストを揉み捏ねて、さらに生乳を搾った。

「ひい、ひいい、あひぃぃッ……そんなに揉まれたら、おっぱいからミルク出るの、止まらないひぃ……お、おお、おふぉッ、んおほぉぉ……壊れた蛇口みたいにッ、射乳も、射乳アクメもッ、と、止まらないの——ッ!!　あおおおぉ——ッ!!」

紗莉香は双乳からガロン単位の蜜乳を噴きあげながら、上体をビクビクと跳ね躍らせる。喉が嗄《か》れそうなほどの淫声を発しつつ、放乳の至悦に身を任せていた。

「んぶぅ、んうう……出しすぎだよ、ママ。赤ちゃんのぶんも、少しは残しておかないとダメだよ……んッ、んうッ……」

はしたない紗莉香の噴乳姿を楽しみながら、瑞希は激しい抽送を加えていく。

陰嚢がキツく引きあがり、そこから溢れ返った熱汁が、幹竿の半ばまで迫りあがってくる。

「く、くうッ……紗莉香さん、僕の最高のママだよ……んううぅぅ——ッ!!」

瑞希は彼女の蜜壺の甘さに耽りながら、出来たての新鮮な精を勢いよく放った。

そうして眼前の胸乳から湧きつづける母乳の泉に顔を埋めながら、いつまでも途切れることのない射精の快美に身を任せるのだった。

◉新人作品**大募集**◉

マドンナメイト編集部では、意欲あふれる新人作品を常時募集しております。採用された作品は、本人通知のうえ当文庫より出版されることになります。

【応募要項】 未発表作品に限る。四〇〇字詰原稿用紙換算で三〇〇枚以上四〇〇枚以内。必ず梗概をお書き添えのうえ、名前・住所・電話番号を明記してお送り下さい。なお、採否にかかわらず原稿は返却いたしません。また、電話でのお問い合せはご遠慮下さい。

【送付先】 〒一〇一-八四〇五 東京都千代田区神田三崎町二-一八-一一 マドンナ社編集部 新人作品募集係

僕《ぼく》専用《せんよう》レンタル《れんたる》義母《まま》 甘美《かんび》なキャンパスライフ《きゃんぱすらいふ》

二〇二一年四月十日 初版発行

発行◉マドンナ社

発売◉二見書房

東京都千代田区神田三崎町二-一八-一一

電話 〇三-三五一五-二三一一(代表)

郵便振替 〇〇一七〇-四-二六三九

著者◉あすなゆう【あすな・ゆう】

印刷◉株式会社堀内印刷所 製本◉株式会社村上製本所 落丁・乱丁本はお取替えいたします。定価は、カバーに表示してあります。

ISBN978-4-576-21037-7 ◉ Printed in Japan ◉

オトナの文庫 マドンナメイト

電子書籍も配信中!!
詳しくはマドンナメイトHP
http://madonna.futami.co.jp

Madonna Mate